JN074906

クロムクロ　小説

秒速29万kmの亡霊〈下巻〉

原作　Snow Grouse

著　檜垣 亮

表紙　（原画）石井 百合子
（背景）宇佐美 哲也／スタジオ・イースター
（色指定・彩色）水田 信子
（特効）加藤 千恵／T2studio

挿絵　石井 百合子

◎主な登場人物

白羽由希奈……………………航宙艦〈くろべ〉の科学者兼パイロット。かつて青馬剣之介と共にクロムクロでエフィドルグと戦った。

ソフィ・ノエル……………………航宙艦〈くろべ〉の科学者兼パイロット。在学中からガウスのパイロットをしている。由希奈とは同級生。

茂住敏幸……………………航宙艦〈くろべ〉のパイロット。自称、セバスチャン。ソフィの執事として長く仕えている元自衛隊士官。

ジュール・ハウゼン……………………航宙艦〈くろべ〉の科学者。少々マッドな気質のある科学者。由希奈の同級生であった茅原純大の父親。

リディ……………………航宙艦〈くろべ〉のサポートロボット。元はエフィドルグのカクタスというロボット。

上泉修……………………航宙艦〈くろべ〉の艦長。元海上自衛隊の護衛艦艦長。

レティシア・ゴンザレス……航宙艦〈くろべ〉の科学者。外惑星生命体の研究者。愛称はレティ。

マーキス……………………航宙艦〈くろべ〉の宙兵隊隊長。元アメリカ海兵隊の老戦士。

マナ……………………グロングル・マナタのマンマシーンインターフェイスＡＩ。由希奈によって育てられた。

青馬剣之介時貞……………………戦国時代から蘇った侍。由希奈と共にクロムクロでエフィドルグと戦った。

ムエッタ……………………エフィドルグによって作り出されたクローン。オリジナルは戦国時代の剣之介の主であった雪姫。

ゼル……………………エフィドルグに敗北した星の生き残り。地球をエフィドルグから守るため、戦国時代から生き続けていた。

ユ・ゾゾン……………………フラヴト宇宙軍艦隊司令官であり、ユ士族の戦士団団長。

ユ・エヌヌ……………………フラヴトのユ士族族長。

ヤマーニア……………………エフィドルグの辺境矯正官。

西暦 (客観時間)	本編でのできごと	航宙艦〈くろべ〉 (主観時間)	射手座26星系	反エフィドルグ勢力
1562年ごろ	エフィドルグ来襲 (第一次先遣隊) クロムクロ、大破			
1630年ごろ				反エフィドルグ勢力を 立ち上げ
1700年ごろ				射手座*x1*に介入開始
1790年ごろ	エフィドルグ第二次先 遣隊、射手座*x1*を 出発			射手座*x1*の15%を 制圧
1930年ごろ			エフィドルグ来襲	
1980年ごろ			フラヴト敗北	「星間同盟」結成
2016年	エフィドルグ来襲 (第二次先遣隊) 剣之介、目覚める			射手座*x1*で矯正艦隊と 決戦
2021年9月	由希奈、〈くろべ〉に 乗艦	航宙艦〈くろべ〉、 出航		
2180年ごろ			「星間同盟」が現れる	射手座26星系の解放 に着手
2190年ごろ			エフィドルグ一掃される	銀河中心方向へと 旅立つ
2205年		480日目 射手座26星系からの 救難信号を受信		
2209年		485日目 射手座26星系に向け、 減速開始		
2230年		695日目 射手座26星系に到着	「エフィドルグの青馬剣 之介」に攻撃を受ける	
2230年		700日目 第二惑星に上陸	「青馬剣之介捕縛作戦」 開始	
2230年		735日目 青馬剣之介を捕縛成功	エフィドルグ船3隻を 撃破	

第五話　『交叉する思い出』

太いケーブルでぐるぐる巻きにされた剣之介が、目の前の床の上に座っていた。

その顔は紅く染まっている。怒り心頭だからだ。怒髪天を衝く、とは今の剣之介にこそ相応しい。

「どうして、そなたが此処（ここ）におるのだ！」

口から泡を飛ばしながら、剣之介がわたしに向かって叫んだ。

「俺が何のために、辺境矯正官となったのか。何故、このような辺境で戦っていたのか……すべては由希奈、そなたのことを思えばこそだったのだぞ！」

ここまで怒った剣之介を初めて見た。そのせいで余計にわたしは混乱してしまって、口をパクパクとするのがやっとだった。

剣之介がわたしの名前を呼んだ。でも、自分のことを辺境矯正官と言ったのだから、やはり「調整」されているのだろうか。もしかして、調整されたフリをしていたのだろうか。いやいや、フリだけど船を沈めました、とか意味が分からない。

わたしはようやく言葉を口から出すことができた。

「剣之介……？」

「由希奈……そなたは、夫となる男の顔を忘れたのか？」

真正面から言われると、ちょっと面食らった。

「忘れるわけないじゃん。でも、夫となる男って言い方が、なんというか……そうなんだけど、

そうなのかな？」

　煮え切らないわたしの態度に、剣之介はいきりたった。

「違うとでも申すのか！」

「違うってわけじゃないんだけど……」

　間違いではないけれど、何かがすごくひっかかる。剣之介って、こんな言い方をする人だったっけ。

　剣之介は心配そうな顔でわたしを見つめた。

「いったい、どうしてしまったのだ……何故、そなたが蛮族共と一緒におるのだ？」

「蛮族……？」

「そうだ！　エフィドルグに弓引く蛮族であろう！　まさか、フラヴトの奴らに捕まったのか？」

「えっと、フラヴトの人に捕まったわけじゃなくて、やってきたっていうか……」

　剣之介が怪訝な顔をした。

「やってきた……？　まさか、あの白き船に乗って、この星系にやってきたのか⁉」

　白き船って、〈くろべ〉のことだろう。

「うん……」

　剣之介は驚いたようだ。

「いったい……あの船は、どこの船なのだ!?」

「どこっていうか……地球？」

剣之介は目をむいて驚いた。

「バカな！　故郷は蛮族の侵攻を跳ねのけたはずだ。もしや、俺が旅立った後に、再び蛮族の侵攻を受けたのか!?」

ヤバイ。剣之介の言っていることが、ちょっと理解できない。

思わずわたしは呟いてしまった。

「調整されてる……？」

言ってしまってから、激しく後悔した。ああ、わたしはバカだ。調整されてる本人にこんなことを言ったところで、認めるわけはないのに。

剣之介は一瞬だけ怪訝な顔をした。

「調整……？　何を言っておるのだ？」

「えっと……忘れてくれていいよ」

慌てて誤魔化そうとしたわたしを、剣之介は目を瞬（しばたた）いて見つめてきた。

「……まさか、そなた蛮族に拐（かどわ）かされ、調整をされてしまったのか!?」

「違うから！　むしろアンタが調整されてるから！」

わたしの言葉なんて耳に入っていないようだ。

「おのれ、卑劣な真似を……！」

と言った剣之介は、ケーブルの縛めを解こうと額に青筋を浮かべた。でも、人の力でなんとかなるような巻き方じゃない。

やっぱり、余計に面倒なことになってしまった。

剣之介は「エフィドルグに調整」されているのだ。今の剣之介から見れば、エフィドルグの敵は、全員蛮族なのだろう。

調整をされた人にどんな言葉をかければいいのだろう。しかも、わたしのことは忘れていないようだけど、まわりの人も船も全部エフィドルグの敵と認識しているのだ。

わたしは途方に暮れてしまった。

「……どうしよう」

そんなわたしを見かねたのか、宙兵隊隊長のマーキスさんが腰を落としてわたしの顔を覗き込んだ。

「嬢ちゃん、感動の再会はまた今度にしようや。時間はいくらでもある。まずはこいつの病気を治さねえとな」

剣之介はいきりたった。

「俺は病気などではない！　貴様らが由希奈を変えてしまったのであろうが！」

「そいつは違うぜ、スペースサムライ。嬢ちゃんは何も変わっちゃいない。むしろ俺たちを変えたのが、この嬢ちゃんだ」

マーキスの言葉に、傍らに立つトミーが何度も頷いていた。

剣之介は「解せぬ」という顔で、トミーにケーブルを引かれて部屋を出ていった。トミーは小柄だけど、人工筋肉で強化された装甲宇宙服を着ているので怪力だしとても重い。生身の人間で抗える代物ではない。

「由希奈、俺は必ずお前を取り戻す！」

剣之介の叫びが無機質な部屋に響いた。

剣之介のいなくなった部屋の天井を、ぼんやりと見上げた。

わたしの立てた予定だと、感動の再会をするはずだったんだけどなあ。巡り合えた剣之介に頭から突っ込んで、力いっぱい抱きしめて、抱きしめられるはずだったのに。

そんなわたしの他愛のない妄想を、現実は冷やかな笑みを浮かべて押し流してしまった。

夢にまで見た剣之介との再会は、理想から程遠いものだった。

○

目の前に剣之介の胸があった。男らしい分厚い胸板だ。

胸から背中にかけて、大きな傷跡がある。雪姫を失った最後の戦いで負ったのだと言っていた。やはり、どう見てもこの傷は死んでるなあと思う。それでも生きていてくれたのだから、ナノマシン様々だと言わざるを得ない。

そういえば、剣之介の胸に直接手を触れたことはなかった。

目にするだけなら、見慣れたものだった。汗をかくとすぐに上半身をはだけていたし、風呂上がりに褌いっちょうで家の中を闊歩するなどしょっちゅうだった。

恥ずかしいという概念がわたしとは少しずれているのだろう。わたしのお気に入りのタオルを褌にしたときも、わざわざわたしに見せつけたぐらいだから、褌いっちょうが恥ずかしい恰好だとは微塵も思っていないのだ。ちなみに、褌にされてしまったわたしのお気に入りのタオルは、剣之介専用のタオルになった。というか、した。アイツの股間を覆ったタオルで顔を拭くとか無理だから。せっかく長く使ってバリバリに育ったのに台無しだ。思い出しただけでも腹が立つ。でも、今ならどうだろうか。いや、やっぱり無理だ。剣之介が使ったものとはいえ、股間を覆ったタオルで顔を拭くのには越えられない壁がある。

ちらりと剣之介の下半身を見てみた。

見慣れた褌をはいていた。いったいどこで入手したのだろう。地球にいた頃と同じような褌だった。

わたしは首を横に振って、褌に占拠された意識を頭から追い出した。

目の前に、恋焦がれた剣之介の胸があるのだ。

思いっきり抱きついて、顔を埋めてぐりぐりしたいという欲求を抑えて、胸の傷跡にそっと手を伸ばした。

伸ばしたわたしの手を、剣之介が握った。

「俺は、そなたの幸せのために、辺境矯正官となったのだ。一国一城の主となって、そなたを迎えに行くためだ」

剣之介は真顔でそんなことを言った。

言ってることは悪くないような気がするけど、なんか変だ。

不意に背後から剣之介の声が聞こえた。

「すまぬ、由希奈。俺はそなたに苦労をかけるやもしれぬ。許してくれ。だが、俺は待っておるぞ。いつまでも、だ」

驚いて振り向くと、やはり褌いっちょうの剣之介がいた。

わたしの空いているもう片方の手を取って、背を抱くようにすぐ後ろに立っていた。

「由希奈」と言って、前に立っていた剣之介がわたしを抱きしめるように近づいてきた。

同じタイミングで、背後に立つ剣之介も「由希奈」と言って、わたしを背中から抱きしめた。

ああ、これは夢だ。夢に違いない。

二人の剣之介に挟まれて幸せな気分を味わう一方で、なんだか苦しくなってきた。

わたしの前後を挟む剣之介たちが、力比べでもしているのかと思えるほどに、ぎうぎうときつく抱擁をしてきたのだ。二人の剣之介がわたしを取り合うように、背に腰に手を回してぐいぐいと引っ張る。わたしの顔が剣之介の胸に埋まり、背中もまた剣之介の胸に押しつけられた。

ちょっと剣之介、苦しい。というか、暑苦しい。

あまりの暑苦しさに、汗が吹き出してきた。

それでも、剣之介たちは、わたしをこれでもかと締めつけてくる。

暑い、苦しい……いい加減にしろ！

○

わたしは見慣れた自室で目を覚ました。

やっぱり夢だった。

そして、どうしてあんな夢を見たのか見当がついた。

炬燵(こたつ)で寝てしまったからだ。それも、スイッチを入れっぱなしで。どうりで暑苦しい夢を見たわけだ。

ただ、昨日は無性に寒かったのだ。

風邪をひいたわけではない。船の気温は低め安定だけど、凍えるほどではない。それでも、体の芯が冷えた気がして、震えが止まらなかった。

原因ははっきりしている。

せっかく剣之介に会えたのに、感動の再会とは言えないものだったからだ。言いたいこと、聞きたいことはいっぱいあったのに、何もできなかった。

わたしは剣之介が調整されていることを知っているし、なんとかしたいと思っている。そして、剣之介もわたしが「蛮族に捕まって、調整された」と思い込んでいる。

お互いが同じことを言って、相手を説得しようとしている。当然のように、はなっから平行線だ。この手の平行線は、説得で解消することは無理だ。「本当のあなたは火星人なのです」と言われて信じる人間はいない。たとえそれが真実であったとしても、認めるわけがないのだ。

いったいどうやって、剣之介を取り戻そう。生半可な説得は無意味だし、逆効果だろう。でも、具体的な方法は見えてこない。

それでも、わたしは剣之介を矯正しないといけないんだ。わたしの気持ちを強く持たないといけないんだ。

そう自分自身を鼓舞してはみても、歪んだ記憶に微塵も疑いを持っていない剣之介を目にしてしまうと、ぶつけようのない怒りと悲しみが溢れ出てしまう。

会えて嬉しい……けど、変わってしまった剣之介を見るのが辛い。

炬燵から這い出して、汗だくの体を冷たい畳の上に横たえる。

「……どうしたらいいいんだろう」

今はハウゼンのところで隅から隅まで調べられているはずだ。もしかしたら、何か手がかりが得られているかもしれない。

着替えようと思って、着たきりのＴシャツを脱いだときだった。

呼び鈴が鳴った。呼び鈴と言っても、モニター付きのインターホンだけども。

「由希奈、起きてますか？」

ソフィだった。

「どうぞー」

わたしの声に反応して、ドアのロックが解除された。

部屋に入ってきたソフィは、黒いシックなワンピースを着ていた。珍しいな、と思ったけど、何かを忘れてるような気がする。

「そろそろですので、準備してください」

ソフィの言葉でようやく思い出した。

そうだった、これから戦死者の宇宙葬をするんだった。

今回の戦いは激しいものだったけども、〈くろべ〉の被った被害は小さかった。

船体そのものには大きな損傷はない。ちょっとばかりヘッドレスに斬られたぐらいだ。それでも、六人の戦死者が出ていたのだ。

〈くろべ〉はまだマシなほうだ。フラヴトは二番艦が大破。というか、総員退艦命令が出されたのだから、事実上沈んだ船ではあるのだ。結局、脱出できた人は全体の四割しかいなかった。フラヴトの船は〈くろべ〉と違って、自動でメンテナンスをしてくれるカクタスを乗せていない。その分、たくさんの人が乗っている。その数は二千人。その六割ということは、千二百人が死んだのだ。実に〈くろべ〉乗組員の十倍だ。それだけの人が、たった一度の戦闘で死んでしまった。

かなり酷い目にあった二番艦だけども、今は一番艦に曳かれて、第三惑星に向かっていた。第三惑星の軌道上には一キロクラスの船が入渠できる造船所があるのだという。今は三番艦が進宙したばかりで、ドックが空いているそうだ。ちなみに、拿捕したエフィドルグ船は、フラヴトの人たちが乗り込んで一番艦と一緒に第三惑星へと向かっている。ばらして二番艦の修理と三番艦の艤装に使うんだとか。

エフィドルグ船を拿捕した上に、その船をフラヴトに譲渡した〈くろべ〉は大変感謝された。ゾゾンによれば、エフィドルグ船を拿捕した場合、所有権は乗っ取った兵の国のものになる、という決まりがあるのだそうだ。星間同盟でちょっとしたイザコザがあって、そういう取り決めができたのだという。

〈くろべ〉にしても、エフィドルグ船をもらったところで手に余るのは目に見えていたので、早々にフラヴト宇宙軍に引き渡した。というか、「売り飛ばした」のだ。これは、ユ士族の族長であるエヌヌの提案だった。いわば、お金も持たずに、のこのこやって来た田舎者に路銭を与える口実というわけだ。

エフィドルグの脅威に晒されている星にとってみれば、反物質がたんまりと残ったほぼ無傷のエフィドルグ船は途方もない価値を持つ。〈くろべ〉を支援すると決めたエヌヌは、鼻も高々だそうだ。おかげで、ユ士族の発言力が増した、とゾゾンが機嫌よくしゃべっていた。

そして、エフィドルグの辺境矯正官が捕虜になったとも聞かされた。

撃破された指揮官機の中で瀕死の状態だった辺境矯正官を、救命ポッドを回収していたフラヴト宇宙軍の哨戒艇が、見つけたのだそうだ。たぶん、実際は死んでいたのだろう。でも、完全に機能を喪失していなかったグロングルが復活させたのだ。剣之介のように。

その捕虜がどうなったのかは知らない。フラヴト宇宙軍の施設に移されて「調整」されるだろう、とゾゾンは言っていた。捕獲されたグロングルが再生して、調整された纏い手が乗るようになれば、フラヴトの戦力は大きく増すだろう。やっていることはエフィドルグと変わらない。でも、そのことをとやかく言う気はないし、言える資格なんてわたしにはない。

フラヴトにとっては、今回の戦いは価値のあるものだったのかもしれない。

でも、〈くろべ〉にとっては、どうなのだろうか。

○

巨大なマスドライバー射出口から、小さな箱が列をなして、ゆっくり宇宙へと漕ぎ出していった。

目的地は、青白く輝く恒星である射手座26だ。

由希奈はガウスハンガーの広い壁面に投影された映像をじっと見つめていた。

上泉艦長を始め、すべての乗組員が見守るなか、小さな箱は宇宙の闇へと溶けて見えなくなった。

艦長が額に掲げていた手を下ろした。

「……以上で、宇宙葬を終える。解散」

その声で、ハンガーに集まった人たちはざわめきと共に散り散りになっていった。

わたしは傍らに立つソフィが、ひっそりと溜め息をついたことに気づいた。

長い付き合いだから分かる。ソフィが誰にも知られることなく感情を露わにするときのテクニックだ。わたしですら最近になって気づいたぐらいだから、本当によく見ていないと気づけない。とはいえ、気づいたとしても、リアクションをしてはいけない。「気づいて欲しくない」からこその、密やかな所作なのだから。

茂住さんはとっくに気づいてはいるだろうけど、そんな素振りはまったく見せない。微動だにせず、ソフィの半歩後ろで映像を見つめていた。というか、見つめるフリをしていた。当然、全神経はソフィに集中したままだ。

ソフィはあれで気性の激しい娘だ。クレバーなように見えて、感情の起伏は大きく、思いのほか発露していたことが分かってきた。まあ、実際クレバーではあるのだけども。

「クリスの野郎、お星さまになっちまいましたね」

と言いながらソフィに近づいてきたのは、ガウス隊のロイだ。

「彼の遺言ですから」

とソフィは静かに返した。

今回の戦いで、ガウス隊に戦死者が出たのだ。

ガウス五号機のクリス——フルネームは、クリストフ・アハノウだ。

クリスの遺言は「死んだら、恒星に葬ってくれ」だった。

〈くろべ〉に乗っている人は、死んだときにどう葬ってほしいかを遺言として書いている。

ソフィは、クリスと同じく恒星葬。わたしは、土に還してほしいと書いてある。

今日、恒星に送り出した人は、クリスを入れて四人だった。残りの二人は、「大地に埋めてほしい」だったので、第二惑星に着いた後に埋葬される予定だ。

クリスは宙兵隊のシャトルを護衛中に死んでしまった。

残骸にまぎれてコソコソとエフィドルグ船に近づく宙兵隊の乗ったシャトルが、指揮官機に気づかれたのだ。当然のように、指揮官機はシャトルを迎撃しようとした。それにいち早く気づいたクリスが、指揮官機の前に単機で躍り出たのだ。

ほんの一瞬の出来事だった。

斬りかかってきた指揮官機の斬撃を受けたガウス五号機は、敵指揮官機の背中から生えた腕に胸部装甲を貫かれた。エフィドルグお得意の、隠し腕だった。

ほんのひと突きだったが、装甲を簡単に貫いたエフィドルグの超振動ブレードは、クリスの体を引き裂いていた。その指揮官機は直後にガウス隊の袋叩きにあって、バラバラになっていた。

何度も一緒に訓練をした人だ。知らぬ仲ではない。陽気でおしゃべり好きなフランス人だった。ソフィと二人でいるときは、フランス語でしゃべっていた。何を話しているのかまったくわからなかったけど、どちらも普段あまり見せない笑みを浮かべていたのが印象的だった。当たり前のように茂住さんも一緒にしゃべっていたけど、今考えると茂住さんはやっぱりすごい人だった。フランス語もペラペラなのだ。

同じガウス隊のロイとは、しょっちゅう言い争いをしていた。

お互い頭に血が上ると母国語が顔を出すようで、フランス語とドイツ語が飛び交っていた。それでも何を言っているのか、双方とも理解しているようだったから、やっぱり本物のパイロットってエリートなんだな、と妙に感心をしたものだ。

ロイとクリスは、似たもの同士だった。何かにつけて二人は衝突していた。でも、衝突していたように見えて、実は一番仲が良かったのだ。クリスはフランスのストラスブール出身だ。

エフィドルグのスパイダーが最初に降りた街だ。そして、ライン川を挟んですぐお向かいにあるのが、ロイが住んでいたケールの街だ。どちらも、スパイダーに蹂躙されている。二人ともライン川の近くに住んでいたのだそうだ。実際に二人の家は、十㎞と離れていなかったという。それでも、川を一本挟んだだけで、もう違う国だ。言語すら違う。日本に住んでいるとちょっとピンとこないけど、大陸の国に住む人はそれが当たり前なのだろう。

宙兵隊隊長のマーキスさんがソフィに近づいてきた。

「今回は世話になったな。おかげで、うちのヒヨッコ共が無駄に死なずに済んだ」

ソフィは頷いて、

「それが私たちの任務です。こちらも初陣の割には被害が少なく済みました。宙兵隊が素早く船の中枢をおさえてくれたからでしょう」

二人は「指揮官」の話をしている。わたしは邪魔をしないよう、半歩下がった。

家族のように寝食を共にした部下に「死ね」と言わなければならない心境とは、どんなものなのだろう。わたしには真似できそうもない。

初陣で新兵の半分は死ぬと言われているらしいけども、〈くろべ〉に乗っている軍人に新兵などいない。特に搭載機数の少ないガウスのパイロットは精鋭中の精鋭たちだ。

〈くろべ〉に乗っている人は全員が志願した人だ。それでも、ガウスパイロットの募集をかけたとき、応募総数は百万を軽く超えていた。ほとんどが軍人ですらない素人だったので、初期段階で九九・九％が弾かれた。実はその中に赤城がいたらしい。本人が言っていたので間違いはないだろう。曲がりなりにも自衛隊員であった赤城が、素人と同レベルで弾かれたぐらいだから、選抜水準の高さたるや想像を絶するものだったはずだ。

少な目に見積もっても応募総数百万。ガウスのシートは十。そのうち、ソフィと茂住さんは、すでに乗ることが決定していたので、残るシートは八つしかなかった。大雑把に計算しても十二万五千人に一人だ。

そんな精鋭でも、死ぬときはあっけなく死ぬ。

「これが戦争なのだ」と簡単に言いたくはない。でも、エフィドルグと戦う以上、避けては通れない道だ。宙兵隊のマーキス隊長は、「越えられない谷があったなら、血で川を作って舟を浮かべるか、死体で谷を埋めて進むしかない。それが宙兵隊の戦いだ」と言っていた。

わたしはそんな血の川をいつまで渡り続けられるだろう。やっぱり、剣之介がいないとわたしには無理だ。

「クリスをしのんで、今日はワインを開けましょう」

とソフィが言うと、すかさずロイが「俺ぁ、ビールのほうがいいんですけどね」と返した。

「いいえ、今日はワインです。あなたが死んだらビールにしましょう」

「じゃあ、ビールは未来永劫飲めないっすね」とロイが軽口を言った。

「そうあってほしいものです」

そう言ったソフィは、どこか寂し気だった。

実は、〈くろべ〉ではワインが仕込まれている。葡萄だけではない。ありとあらゆる植物が栽培されているのだ。食料の生産であり、地球の物を「残す」という意味もあるのだ。まかりまちがって〈くろべ〉が宇宙を旅している間に、地球がエフィドルグに滅ぼされるなんてことがあったとしても、地球の物を残せる。「この船は播種船でもあるのだ」と言っていたのは、上泉艦長だったか。

「今日は、うちに奢らせてもらうぜ。クリスのおかげで俺たちの木っ端舟は助かったんだからな」とマーキスさんがソフィに言った。

「その必要はありません。宙兵隊もエフィドルグ船を制圧する戦いで多くの兵を失っています。むしろ、作戦を成功させたあなたがたこそが奢られるべきです」とソフィが返す。

「では、お互いが奢り合う、ということで如何でしょう」と茂住さんがすかさずフォローを入れた。

「悪くねえ落としどころだ。せいぜい奢り負けしねえように飲ませてもらうよ」と言って、マーキスさんは笑いながら宙兵隊員の群れへと帰っていった。

〈くろべ〉は軍人が多いだけに、実に酒飲みが多い。船のクルーやガウスのパイロットも当然のように酒飲みだ。

ちなみにわたしはあまり飲めない。好きか嫌いかで言ったら好きなほうだけど、量が飲めないのだ。飲み過ぎると頭が痛くなってきて、世界を呪い始めるので、飲み過ぎないようにしている。

対して、ソフィは蟒蛇だ。本当に水のように飲む。茂住さんよりも強いのだ。執事としての矜持がそうさせるのか、ソフィの飲みに付き合った茂住さんは、背筋を伸ばしたまま気絶していることがあった。

〈くろべ〉で最も酒飲みなのは、言うまでもなく宙兵隊だ。そして、その宙兵隊をも上回る酒飲みがフラヴトの戦士たちだった。予想通りというか、見た目通りというか、「やっぱり」としか思わなかった。

彼らによれば、「酒は木からできる」ものなのだそうだ。森に入ればいくらでも洞だの、枝の股だのに、酒は溜まっているのだという。木の枝に傷をつけて、一晩放っておけば、樹液が溜まって勝手に発酵してお酒になるらしい。ソフィは「ヤシ酒ですね」と言っていた。

フラヴトのお酒は、白く濁った甘酸っぱいお酒だ。最初の口当たりは炭酸ぽくて、どこか青臭い感じがした。それでも、キノコ料理と一緒にいただくと、キノコの旨味とエグ味とでうまくバランスが取れて、すごく美味しいお酒に変わるから不思議だ。小さな泡がポコポコと出ていたのは発酵している証らしい。アルコール度数は低くて飲みやすいけども、油断していっぱい飲んでしまうと、やっぱり酔う。

常に発酵しているので、瓶につめて輸送しようとすると、途中でしょっちゅう爆発する。爆発するぐらいなら、その場で飲むしかない。樽に入れて運んでも、発酵が進んでしまい、一日で味が変わってしまうので、やはりその場で飲むしかない。そのおかげで、酒はその場で楽しむもの、という文化が育ったのだという。保存のきく蒸留酒も作られてはいるようだけども、やはりその土地でしか飲めないお酒が人気だそうだ。

なので、フラヴトは男が集まっている場所はいつも酒臭い。

今回の作戦が始まる前、フラヴトの戦士団団長であるゾゾンから、「〈くろべ〉の戦士たちと親睦を深めたい」と要請があった。要は、「一緒に酒を飲もう」だった。

二つ返事で了承した宙兵隊と、礼儀として承諾したガウス隊。温度差はあれど、結果として、フラヴトの酒場に〈くろべ〉の実戦部隊を構成する兵士のほぼすべてが集合した。あと、ゾゾンが来るということで、上泉艦長も来ていた。

かなり大きな酒場を貸し切って、一大宴会が開かれた。もちろん、わたしもソフィもお呼ばれした。

フラヴト戦士団。呼び名は古臭い感じがするけど、実体は宙兵隊と同じだ。髭もじゃの宇宙の戦士なのだ。だからなのか、宙兵隊員はどちらかといえばスマートなガウス隊よりも、髭もじゃでいかつい戦士団のほうに親近感を抱いたようだった。

異文化交流の中で、酒飲み同士がぶつかるとどうなるか。

言うまでもなく、「飲み比べ」大戦が勃発した。

宙兵隊は、誇りをかけて負けるわけにはいかなかった。意外なことに、宙兵隊隊長のマーキスさんは下戸だった。すぐに赤ら顔でべろんべろんになって正体をなくし、酒場のウェイトレスに説教をしていた。べろんべろんのくせに、理路整然と「正義」を語るという、始末に負えない酔っ払いだった。

ガウス隊からも腕（？）に自信のある何人かが名乗りを上げたが、早々に撃墜されていた。そして、激しい消耗戦の末、どちらも一人を残して討ち死にした。

宙兵隊の最後の戦士は、トミーだった。フルネームはトーマス・ブレナンという、意外とかっこいい名前だというのを知ったのはそのときだった。アイルランド出身で、アイリッシュウィスキーをミルク代わりに飲んで育った、というもっぱらの噂だ。もちろん嘘だろう。

対する戦士団の相手はなんと戦士団団長のゾゾンだった。戦士団の団長って、一番お酒が飲める人がなるんじゃないのかと本気で疑った。

壮絶なる一騎打ちの末、双方最後の一杯を飲み干すことができず、相打ちとなった。

こうして第一次酒飲み大戦は、引き分けという形で幕を閉じた。当然のように、宙兵隊と戦士団は再戦を誓っていた。

ソフィはむさくるしい男たちの狂宴を面白そうに眺めつつ、ずっと飲んでいた。実は、ソフィがチャンピオンなんじゃないかと思ったけど、男たちのバカ騒ぎに水を差す気がそもそもなかったのだろう。そんなソフィの向かいに陣取って、静かに飲んでいたのは上泉艦長だ。この人も実はそうとう酒に強いみたいだった。

やはり酒を酌み交わすというのは、男たちにとって大事な儀式なのかもしれない。そういえば、剣之介も「戦の前は皆で馬鹿騒ぎをした」と言っていた。剣之介も酒を飲んで正体をなくしていたのだろうか。

むさくるしい男たちの戦いの後に残されたものは、酒場に横たわる肉の塊だった。まさに、死屍累々という言葉が相応しい惨状だった。

そして、残された人たちには、酒場を綺麗にするというお仕事が残された。

フラヴトの女性は酔っ払いを「処理」することに慣れているのだろう。酒場の前にトラックを横づけにして、つぎつぎと荷台に泥酔者という「戦死者」を放り込んでいった。トラックで戦士団の駐屯地まで行って、入口に「捨てて」くるのだという。対して、〈くろべ〉の酔っ払い回収班は大変手際が悪かった。最大派閥である宙兵隊が、全員討ち死にしたのだから無理もない。しかも、ほぼ全員がヘビー級だ。

そもそも酒があまり飲めない体質の科学者たちが駆り出されて回収にあたったのだけども、相当に苦労していた。自分より一・五倍ぐらい体重のある宙兵隊員をかついで車まで運ぶという、本来なら「ありえない」仕事をやらされたのだから無理もない。

当然のように、酒を飲んでもいないのに酔っ払いの後始末をさせられた科学者たちは、憤懣（ふんまん）やるかたない思いを溜め込んだ。

そして、一人の科学者が素晴らしいアイデアを思いついた。

「重量物を運ぶのに適したものを、俺たちは持っているじゃないか！」

科学者のとある一派が、宙兵隊を回収するためにドワーフを〈くろべ〉から持ち出したのだ。溜め込んだ鬱憤（うっぷん）を晴らさんと、ドワーフに乗り込んだ科学者たちは、さながら魚市場で転がされているマグロのように宙兵隊員を扱った。

ドワーフに担がれ、トラックの荷台に放り投げられた宙兵隊員は、当然のように怒り狂った。

そしてあろうことか、〈くろべ〉の宙兵隊員は丸腰でドワーフに喧嘩を売る、という無茶をやらかした。

あっという間に、酒場のまわりに異種格闘技戦を見物する人だかりができた。そもそもがテキトーで酒飲みでお気楽なフラヴト人は、この手の騒動が大好物なのだ。そして、酒場の店主は、これ幸いとばかりに酒を売りさばいた。ちょっとしたエキシビション・マッチのおかげで、酒場には朝までアルコールの霧が立ち込めていたという。

ちなみに、ドワーフ対人類の壮絶なる戦いの勝者は、宙兵隊だった。そもそも本気で戦えない科学者と、酔っ払いだけども勝手知ったるドワーフを相手にする宙兵隊だ。結果は見えていた。それでも、勇敢な宙兵隊員はフラヴトの人たちに「勇者」と称えられ、ＣＭに出ないかと言われたとかなんとか。酒飲みの話だ。話十分の一ぐらいで聞いておいたほうがいいだろう。

「由希奈、行きましょう」

ぼんやりと過去に魂を飛ばしていたわたしの肩をソフィが叩いた。

「え、どこに?」

「死した魂が安心して天国に行けるよう、生き残った者たちは、お酒を飲んで生を謳歌しないといけません」

とんだ酒飲みの理屈だ。でも、今はそれも悪くはないかなと思った。

わたしはソフィについていくことにした。

ソフィが歩き出すと、無言で茂住さんが半歩遅れてついてきた。その後ろに、ガウス隊の七人が続く。

なんだかヤクザ映画みたいだと思った。女だてらに組長のソフィ。組長に忠実で有能な若頭の茂住さん。以下、心身共にイケメンな構成員。ちなみに、わたしは組長の同級生で、ヤクザの親分とは知らず友達になってしまっておっかなびっくり付き合っている、という設定だ。

行く手には、最大の規模を誇る名実共に「暴力団」な宙兵隊組。

その宙兵隊組は、構成員の五名を失っていた。

大けがをした人は十五人だ。

それでも、〈くろべ〉の医療技術は、本当に死なない限り、元通りにしてくれる。エフィドルグの残したテクノロジーのおかげだ。手や足がもげても再生できるのだ。ナノマシンを使うわけではなく、怪我をした本人の細胞を使った「印刷」だ。

ハウゼンは、「死んでも印刷すれば復活しますよ」と言っていたが、その言葉を真に受ける人はいなかった。「死亡後に、印刷による再生を望む」という遺言カードの項目にチェックを入れている人は、一人もいなかったのだ。

だから、死んだ人は、本当にいなくなる。

死んだ人のことはみんなあまり多くを知らない。誰も聞かないからだ。聞かないのは、自分も言いたくないからだ。

戦いが続けば、これからも人が減り続けていく。仮に、今のペースで減っていったとすると、そう遠くない未来、〈くろべ〉に人がいなくなってしまうだろう。

そう考えると、とても辛い。それに、上泉艦長もマーキスさんも、いい年だ。艦長が死んでしまったら、この船はどうなるんだろう。

どうにも暗い考えが頭をよぎって困る。

なんだか、お酒を飲みたい気分になった。

〇

ハウゼンの医務室というか、研究室は黒部研究所時代と比べると、四倍ほどの広さになっていた。

由希奈は勧められた椅子に座りながらも、部屋をぐるりと見渡した。見たことのない機械がいっぱいあった。見たことがある機械もあった。でも、あの機械を見たのは、エフィドルグ船の中だったような気がする。

わたしの隣にソフィが腰を下ろした。茂住さんは、ソフィの斜め後ろに立っている。

自らのデスクで作業をしていたハウゼンが、椅子を回してこちらに向いた。

その表情は新しい玩具を与えられて、ウキウキが止まらないといった趣だ。

「上泉艦長から、情報を共有するようにと言われましたので、集まっていただいたわけですが……捕獲した青馬剣之介の検分が完了しましたので、お伝えします」

ハウゼンらしい物言いだった。最低限の挨拶すらなし。剣之介を人とは思っていないかのような言い方。昔から何も変わっていない。研究対象に対する熱意も変わっていないのは、さすがとしか言いようがない。

ハウゼンの言葉に合わせるかのように、部屋の壁に埋め込まれたモニターが様々な数値を映し出した。剣之介の解析結果のようだ。

「生物的には、地球から逃亡した青馬剣之介と同一と言えるでしょう」

ちょっとショックだった。

ハウゼンの中では、剣之介は「逃げ出した」存在なのだ。でもハウゼンの立場で考えると、大事な研究素材が逃げ出した、と言えなくもない。

なんだか、複雑な気分だ。

「傷の位置、並びに、損傷からの修復具合。内臓と骨格の状態。いずれも、地球で最後に調査したときからの明確な差は見受けられませんでした。血中のナノマシン濃度は若干上がってはいますが、完全にナノマシンに置き換わっているわけではありません」

ハウゼンの言葉に、わたしは首を捻る。

「それって……要するに、剣之介ってことですよね？」

「はい。生物的には青馬剣之介と断定できます」

「生物的じゃないところで、違うところがあるんですか？」

ハウゼンは口をへの字に曲げて答えた。

「相違点がある、という話ではありません。地球から逃走した青馬くんとの連続性を保証する証拠がないのです」

連続性って、どういう意味なのだろう。

首を捻りまくるわたしの横で、ソフィが頷いた。

「地球で私たちが接していた剣之介と、今回捕まえた剣之介が、同一個体であると断言できないということですね？」

ソフィの言葉に、ハウゼンは何度も頷いた。

「その通りです」

ちょっと驚いた。

「……もしかして、この剣之介ってクローンかもしれないってことですか⁉」

とわたしが言うと、ハウゼンは肩をすくめた。

「そういうことを言っているわけではないのですが……断定できない、というだけです。私としては、どちらでもいいのですが」

「いや、あの……ハウゼン先生。わたしはそこをハッキリしてほしいんですけども」

わたしのこの言葉に、ハウゼンは「待ってました」と言わんばかりに目を輝かせた。

「実は、同一個体かどうかを確実に判断できる方法があるのです」

断定できないと言っておきながら、方法はあるという。簡単にはできないことなのだろうか。

「どういう方法なんですか……？」

「白羽さん、私が出航前に作ったペンダント、まだ持っていますね？」

「はい。もちろんです」

わたしは胸元から赤く輝くペンダントを引っ張り出した。ペンダントの赤い輝きを見たハウゼンは満足げに頷いた。

「そう、それです。そのペンダントが赤さを保っているということは、青馬くんは脳死していないという証なのです」

以前、ハウゼンに聞かされたことだ。エフィドルグのナノマシンは、宿主の脳が死ぬと自滅するのだという。どれだけ距離が離れていようとも、瞬時にそのことが分かるのだ。ある種のセーフティ回路なのだろう、とハウゼンは言っていた。

でも、このペンダントがどう関係するのだろう。

「捕獲した青馬くんの脳を破壊して、そのペンダントが黒くなれば、あなたのよく知る青馬くんと同一個体である、ということが証明されます。どうでしょう、一度青馬くんの脳を破壊してみませんか？〈くろべ〉の設備をもってすれば、同じ脳の再生が可能です。何の問題もないでしょう？」

問題ありすぎです、それは。

「ダメです!!」

やはり、ハウゼンはどこまでいってもハウゼンだった。思わせぶりな物言いは、このことを切り出すための前振りだったのだ。とんだ策士だ。

ハウゼンは残念そうに肩を落とした。

「そうですか、やはりダメですか……」

一応、ダメっぽいという予想はしていたのだ。とはいえ、剣之介やわたしのことを思ってではない。「この手のことは、嫌がられる」という過去の経験からの推測でしかないのだ。

溜め息をついてモニターを見つめる。

画面を見る限り、見慣れた剣之介の体だ。古い傷も、ムエッタに刺された傷もある。

やはり、どこからどう見ても剣之介だ。

「さて、それでは皆さんが揃ったようですので、本格的な尋問を始めましょうか」

ハウゼンはそう言って、椅子から立ち上がった。

○

由希奈はソフィと共に運んできた細長いテーブルを床に置いた。

公民館や選挙事務所でよく見る折り畳み式のちゃっちいテーブルだ。

「よっこらせっと……」

床に置きつつ、畳まれた脚を伸ばす。

目にしたときは、「こんなものまで積んでたんだ」と半ば呆れたけども、実際に使う局面になると「あってよかった」と、コロリと考えを改めてしまうのだから、人の意識などいい加減なものだ。

すぐ後ろにいた茂住さんが、持ってきた折り畳みパイプ椅子を一列に並べた。

茂住さんの傍らには、ハウゼンが怪しげな機械を持って立っていた。そして、ハウゼンの後ろには、いつの間に来たのかリディくんが青いボディをきらめかせてピポピポ言っていた。

わたしとソフィ、茂住さんとハウゼン。おまけのリディくん。四人が横並びでパイプ椅子に座り、リディくんはハウゼンの後ろに立った。

目の前には、剣之介がいる。

ちょっとした同窓会みたいな集まりだ。これで、ゼルさんとムエッタがいれば言うことはないんだけども。

ただ、わたしたちと剣之介の間には鉄格子がどっしりと腰を据えており、立場の違いを明確にしていた。

鉄格子の向こうには、前合わせの簡素な検査着を着た剣之介が床に座っている。

胡散臭げにわたしたらの作業を見ていた剣之介の表情が、それぞれの顔を見るにつれ驚きに変わっていった。

「ハウゼン殿か……？　それに、セバスチャン殿!?　ということは、ソフィなのか……？」

この言葉は、剣之介の状態を知っているわたしですら驚いた。

「え!?　わたし以外の人も覚えてるの？」

これで調整されているというのだから、笑うしかない。

やっぱりというか、当然というか、捕まってからの剣之介を初めて見るソフィと茂住さんも驚いていた。

ソフィが珍しく頓狂な声をあげた。

「私たちのことを覚えているのですか!?」

剣之介が怪訝な表情を浮かべた。

「当然であろう……共に辺境矯正官養成学校で、轡を並べた仲ではないか？」

いつもは冷静沈着なソフィが、びっくらこいていた。

「へ、辺境矯正官養成学校⁉」

わたしも驚いた。そんな学校あるんだ。

どうやら、剣之介の中では立山国際高校は、辺境矯正官を育成する学校になっているようだ。

かつての同級生の顔が脳裏に蘇った。

「ていうか……赤城くんとか、茅原くん、カルロスはどういう扱いなの？」

剣之介が首を傾げた。

「赤城は男気はあるが、自意識過剰なところがあったな。あれでは、辺境矯正官になることはかなうまい。茅原は配信ばかりしておったな。今思えば、あの男が何故養成学校になど入ったのか理解に苦しむが……カルロスは、進路を間違えたのではないか？　あの男は矯正官という柄ではない」

直接戦闘に絡んでいない人たちは、そのまんまなのだ。雑というか、合理的というか。

目を白黒させているソフィに代わって、茂住さんが口を開いた。

「剣之介くん、私の事を覚えておられますか？」

剣之介は頷いて、

「もちろんだ。セバスチャン殿は、ソフィの有能なる執事にして、剣術指南役の武芸者であろう」

その言葉を聞いて、茂住さんはちらりと笑みを浮かべた。長い付き合いだから分かる程度の笑みだが、剣之介の言葉は茂住さんのプライドを少しばかりくすぐったようだ。

それにしても、エフィドルグの力をもってしても、茂住さんを歪めることはできなかったのだ。微妙に違うところもあるけど、本質はまったくぶれていない。というか、ソフィがなぜか呼び捨てになっている。どういう調整をされたのだろう。

「ちなみに、私はどういう扱いなのです？」とはハウゼンだ。

「ハウゼン殿は、俺を長い眠りから目覚めさせてくれた研究所の医者であろう？」

そう言われたハウゼンは、無言で頷いて、背後に控えるリディくんにちらりと振り向いた。

リディくんはピポピポ言ったけども、それが何を意味するのかわたしには分からない。

「嘘は言ってはいないようですね」とハウゼンが言った。

ソフィがちらりとハウゼンの手元にある謎の機械を見た。

「なるほど。嘘発見器ですか」

「ええ。極めてオーソドックスなものですが、信頼性の高い機械です」

本人を目の前にして、言っちゃっていいものなんだろうか。

案の定、剣之介が噛みついた。

「俺は嘘など言っておらぬ！　そなたたちこそ、目を覚ませ！　何故このような場所におるのか、今一度己が胸に手を当てて考えてみるのだ」

剣之介はやっぱりわたしたちがまとめて蛮族に捕まって、調整されていると思い込んでいる。唯一の救いは、今でも仲間と思ってくれていることだろうか。

「なるほど……」と言ったのはソフィだ。

目を細めて剣之介をじっと見つめている。

剣之介から聞かされたトンデモ設定のショックから立ち直ったのだろう。いつものクレバーな空気を纏っている。

「……剣之介、あなたは私たちを助けてくれるのですか?」とソフィ。

「無論だ。共に蛮族と戦った盟友を見捨てることなどできん」

性根はまんま剣之介だ。だからこそだろうか、余計に混乱してしまうのだ。

「研究所のガウスハンガーで、私を嫁にしてやると言ったことを覚えていますか?」

とソフィがさらりと言った。

「な⁉」

「なんだってー!」

わたしと剣之介が同時に叫んだ。

思わず剣之介の首を絞めそうになったわたしを、茂住さんが引き留めてくれた。

「覚えていませんか?」とあくまで冷静なソフィ。

剣之介も泡を食っている。

「覚えておらぬ！　どころか、そもそも言っておらぬ！　何かの間違いであろう⁉」

剣之介は美しく成長したソフィに一瞬見とれ、慌てて視線をそらせた。

男はこういう所作が本当にわかりやすい。これでバレてないと思っているのだから、むしろ扱うほうは楽だ。だがしかし、色々と許せないのはまちがいない。わたしの心は荒ぶった。

「嘘だよね、ソフィ⁉」

「もちろん、嘘です」

わたしも剣之介も、へなへなとその場に崩れ落ちた。剣之介はがっくりと頭を垂れ、わたしは長机に突っ伏した。

しばらくの間、ころころと笑ったソフィはゆっくりと頷いて、わたしに向いて言った。

「由希奈。彼に聞きたいことがいっぱいあるでしょう？」

「え……うん……」

ハウゼンに視線を向けると、ハウゼンも無言で頷いた。どうやら、わたしに質問をさせたいのだろう。

一度深呼吸をして、剣之介と目線を合わせる。

落ち着いて、ゆっくりと隙間を埋めていかなければ。まずは、確認だ。

「剣之介って、エフィドルグの辺境矯正官なんだよね？」

剣之介は頷いた。

「その通りだ」

やはり、本人の認識としては、エフィドルグの辺境矯正官・青馬剣之介時貞なのだ。

だけどわたしやソフィたちのことは忘れてはいない。調整された剣之介の中で、わたしたちの「設定」がおかしなことになっているのだろう。

「えっと……わたしって、白羽由希奈だよね？」

一瞬だけポカンとした剣之介が、溜め息をついて嘆いた。

「由希奈……なんと不憫な。調整されて自分のことを忘れてしまったのだな。そなたは、鷲羽由希奈だ。思い出してくれ……」

これはちょっと予想外だった。

変わっていないと思っていた「設定」が違ってた。

「え⁉　わたしが、鷲羽なの……？　それじゃ、雪姫はどうなったの？」

「雪姫はそなたの幼き頃の呼び名であろう……その名は忘れてはおらぬのか？　なんと面妖な調整を……」

それを言いたいのはこっちだ。

相変わらず、エフィドルグはおかしなことをする。わたしと雪姫を一人にしてしまっている。二個一にしたのだ。酷い話だ。

たぶん、エフィドルグにとって都合の悪い部分は、書き換えたか消されている。嫌な予感がしたわたしは、確認せずにはおられなかった。

「わたしとの出会いって覚えてる？」

剣之介は目を細めて、懐かしそうに語った。

「覚えておるとも。出会いというほどのものではないが、俺が物心ついたときから、そなたは城で遊んでおった。身分が違うと聞かされ、面と向かって話したことすらなかったが、そなたの姿はいつも視界にあった」

やっぱりだ。幼少期の記憶はそのまま戦国時代のものを使っている。でも、その先は、エフィドルグにとって都合の悪い真実があるはずだけど、どう繋いでいるのだろう。

「鷲羽のお城が落ちたときのこと、覚えてる？」

とわたしが言うと、剣之介は顔をしかめて頷いた。

「船を奪った蛮族共めが鷲羽の城を襲ったのだ……輿入れのさなかであったそなたを襲ったのも彼奴等だ……」

なるほど。「エフィドルグ」と「蛮族」を入れ換えているのだ。城を落としたのも、雪姫をさらったのも、全部「蛮族」なのだ。

でも、ゼルさんに助けられたことはどうなっているのだろう。

「……それで、ゼルさんに助けられたんだよね？」

剣之介は何度も頷いた。

「その通りだ。ゼル殿には大変失礼なことをしてしまった。助けられた俺が言うことではないが、あの見た目であろう……」

「ああ、うん……」

ゼルさんのことは都合よく「助けに現れた味方」と解釈している。間違いではないだけに、複雑な気分だ。

「運よく味方に救出された我らは、ゼル殿が奪い返したグロングルで共に戦ったのだ。覚えておらぬか？」

「……覚えてるよ」

わたしは嘘をついた。

戦国時代、剣之介と共に戦ったのは雪姫だ。わたしじゃない。でも、今の剣之介に本当のことを言っても信じてはもらえないだろう。

「そうか。過去をすべて消されたわけではないのだな……」

安心したように笑みを浮かべる剣之介の顔を見て、わたしの胸はチクリと痛んだ。

「それから、どうなったんだっけ……？」

わたしはわざと惚(とぼ)けてみた。

剣之介は心配そうな表情を浮かべ、わたしの目を覗き込んだ。

「蛮族のグロングルを討ち取ったものの、腹を斬った余波に巻き込まれてしまったのだ。大きな損傷を被った我らは長い眠りについた」

おおむね間違っていない。でも、戦国時代最後の戦いで、雪姫は死んでしまったはずなのだ。

「キューブから出てきたときのこと、覚えてる？」

一瞬、剣之介が怪訝な顔をしたが、すぐに笑みを浮かべた。

「……馬のことだな。そなたのほうが先に目覚めておったのであろう？　俺を起こしてくれたときのことを、今でもはっきりと覚えておる。再び蛮族が故郷を襲った、まさにそのときであったな……」

「そうきたか……」

思わずわたしは呟いてしまった。

半ば予想通りではあったけど、雪姫の存在がぷっつりと断ち切られ、わたしに繋ぎ換えられている。

目を細めてわたしに語りかける剣之介は、どこか過去を懐かしむ色があった。その目には歪められた悲しみなんて一ミリもない。そのことが逆にわたしを悲しい気持ちにさせた。

今の剣之介の中では、雪姫は死んではいないのだ。というか、目の前にいるのだ。

それにしても、と思う。エフィドルグの調整は実に大したことをやってのけている。剣之介が語った「ストーリー」は当事者のわたしが聞いても、違和感がないのだ。

自信満々に語る剣之介の言葉に惑わされたのだろうか、実はわたしこそが調整されているのかもしれない、と錯覚をしそうになったほどだ。

剣之介は無言で聞き入るわたしを見て、調整されたわたしに真実を語るチャンスとでも思ったのだろうか、淡々とその後のことを語り続けた。

「その後、我らは復活したクロムクロで共に戦い、蛮族のグロングルを次々と討ち取っていったのだ。だが、油断があったのであろうな……そなたが蛮族に攫われてしまうという大失態を演じて……」

そうだ。わたしがエフィドルグに攫われたとき、剣之介はムエッタと共にクロムクロで助けにきてくれたのだ。

わたしは剣之介の言葉を遮って訊いた。

「わたしを助けに、宇宙に上がってきてくれたよね？」

剣之介は頷いた。

「うむ……」

誘拐されたわたしを助けるために、衛星軌道上のエフィドルグ船に乗り込んだことは覚えているのだ。

「そのとき、一緒にクロムクロに乗ってたムエッタのこと覚えてない？」

再びポカンとした剣之介が、前より深い溜め息をついた。

「……ムエッタはそなたの実名であろうに」

今度は、わたしがポカンとする番だった。隣で聞き役に徹していたはずのソフィですら、ポカンとしていた。

「は……？」

「ムエッタとは、そなた自身のことだ。言葉は覚えておるが、意味を忘れてしまったのか。なんとむごい調整を……」

それを言いたいのはこっちだっての！

二個一どころではなかった。三個一にされていた。これは酷い。

どうやら、剣之介の中では、わたしは「鷲羽由希奈ムエッタ」という名前の一人の女性になっているようだ。

やっぱりエフィドルグだった。滅茶苦茶な調整をしていた。「雪姫」と「ムエッタ」と「白羽由希奈」をごちゃまぜにして繋げる、という無茶をやったのだ。

どうしてそんな無茶をやったのか理解に苦しむけども、ムエッタというエフィドルグを裏切った存在を認めるわけにはいかなかったのだろう。雪姫もやはりエフィドルグと戦っている。そして、雪姫に至っては大昔に死んだ人だ。そのへんの複雑な経緯をエフィドルグの調整マシンは理解できなかったのかもしれない。クローン製造機といい、どうしてこうエフィドルグの機械は重大なバグを抱えているんだろう。

「そのときクロムクロの後ろに乗ってた人は、誰なの……？」

「ゼル殿だ。かの御仁は技術に精通しておる。クロムクロの纏い手を書き換え、蛮族に奪われた船に乗り込んだのだ」

エフィドルグはムエッタのことを徹底的に消去しているようだった。

「じゃあ……一緒に地球に降りた、マナタは？　紫色のグロングルは覚えてない？」

剣之介が怪訝な顔をした。

「マナタ？　俺と戦ったグロングルのことか……？　今回の戦いで初めて見た機体だ」

マナタのことも消されてしまっていた。

「……わたしと同じ顔をした、髪の長い女の人って覚えてない？」

剣之介は首を横に振った。

「知らぬ。そなたは昔、髪を伸ばしておったであろう。眠りから覚めた後に切ったのではないのか？　そなたが髪を切ったときのことを、俺は覚えておらぬ……」

エフィドルグの調整は無茶をやりつつも、実に徹底されていた。ムエッタやマナタのことは綺麗さっぱり消されているのだ。

ムエッタはいったいどうなってしまったのだろう。

剣之介だけが調整され、戦力化されているという事実から考えれば、ゾゾンが言っていたように処分されたのかもしれない。裏切った辺境矯正官など、エフィドルグとしては絶対に認められないのだろう。でも、あまりに酷い。気高く誇り高いムエッタの存在が、なかったことにされてしまう。それだけは許しがたい。仮にもう生きていないとしても、共に戦った剣之介には、思い出させてあげないといけない。

わたしは涙を堪えて、剣之介に先を促した。剣之介の中で、地球での出来事にどういう決着をつけたのかを知っておく必要があると思ったからだ。

「それで……蛮族をやっつけた後、どうなったの？」

「〈枢〉を開き、矯正艦隊の決戦の場に馳せ参じたのだ。分からず屋共は蛮族の再来に怯えて、〈枢〉を壊そうとしておった。だが、それでは真に故郷を救うことにはならん。なにより、エフィドルグの危機を、座して看過するなどできようはずもない。俺は武弁なのだ」

わたしは溜め息をついてしまった。

「そうなんだ……」

やはり「事象」はそのままに、「解釈」を書き換えられている。それでも、二人きりの遊園地の観覧車で聞かされた剣之介の言葉はそのまま、というのが古い悲しみを呼び起こす。

「ねえ、剣之介……わたしとの約束、覚えてる？」

剣之介は、ばつが悪そうに視線を落とした。

「覚えておるとも……必ず生きて帰ると。必ずや出世をして戻ってくると。一国一城の主となって、鷲羽の家を再興してみせると俺は誓ったのだ。なのに、このザマだ……すまぬ、由希奈」

――あんまりだ。

涙が零れた。

剣之介の想いはそのままに、歪められてしまっている。

約束したのは、わたしが「追いつく」と言ったことを信じてくれたことなのに。わたしを「待つ」ことだったのに。剣之介は出世なんて望んでいない。鷲羽の家とか、手柄とか、そんなものから剣之介は自由になれたはずなのに。

わたしの涙を見て、剣之介は余計に顔を歪めて俯いてしまった。

「……すまぬ」

わたしは涙を拭いながら、無理やり笑みを作った。

「ううん……剣之介が生きていてくれただけで嬉しいから。ほんとだよ」

こう言うのがやっとだった。

本当に生きていてくれてよかったと思う。でも、涙の理由は言っても理解してくれないだろう。それが余計に悲しい。

ソフィがおもむろに立ち上がった。

「今日はここまでにしましょう。セバスチャン、後は頼みます」

「万事お任せくださいませ」と茂住さんが応えた。

ソフィはわたしの肩に手を乗せ、

「さ、由希奈、部屋に戻りましょう。ここは寒いですから」

と言ってわたしを立ち上がらせ、背中を押してくれた。

「おや、これで終わりですか？　もう少し聞きたいことがあったのですが」

とハウゼンがぼやいていたが、わたしに振り向く気力は残っていなかった。

剣之介が呟いた。

「由希奈……」

わたしを心配しているような声。それでいて、どこかすがるような弱さをも感じさせる声だった。


わたしは部屋に戻って泣いた。

炬燵の天板につっぷして、わんわん泣いた。剣之介がいなくなっても、〈くろべ〉が出航して星々の海を越えても、わたしは泣かなかったのに。

ソフィは何も言わず、ただ向かいに座って、炬燵で丸くなっていてくれた。

◯

翌日、由希奈はソフィと連れ立ってハウゼンのラボを訪れていた。

昨日は思いっきり泣いてスッキリした。ソフィの何も言わないけども、傍にいてくれる優しさが本当にありがたかった。

今度ワインでも一緒に飲もう。わたしの部屋の炬燵で暖まりながら。ソフィはちょっと変わった好みがあって、炬燵でぬくぬくしながら、でっかい「寿司」と書かれた湯呑でワインを飲むのが好きなのだ。当然、その湯呑はソフィが地球から持ってきたものだ。スパイスと果実を入れて温めたワインを、ちびちびやるのがソフィの好物だ。

わたしは、もう泣かないって決めた。

わたしがメソメソ泣いていても剣之介は取り戻せないし、〈くろべ〉の人にとっても何のプラスにもならないのだから。

昨日と同じ面子がやってきたことに、ハウゼンは首を傾げた。

「今日は、どういったご用向きですかな？」

わたしはハウゼンをじっと見つめて頷いた。

「剣之介の洗脳を解くヒントが欲しいんです」

ハウゼンは「ふうむ」と唸って、とつとつと語り始めた。

「洗脳は解くものではないのです。新たな洗脳を施す、といったほうが正確なのです」

「じゃあ、どういう洗脳をすればいいですか？」

「洗脳とは、偏った情報と心理誘導によって、狭い判断基準に基づいた正義を植えつける行為です。解釈の幅を狭めるといってもよろしい。ですので、かならずどこかに情報の破綻や矛盾があるのです。それらを隠していることが露見しないよう、解釈の幅を狭めているのです。ですので、広く様々な角度から認識をさせて、矛盾や破綻を自覚させることが大事です。最も大切なことは、本人が自発的に『おかしい』、と感じるよう仕向けることです」

おおむね理解できた。

やはり、本人が自分で気づかなければいけないのだ。何かきっかけを与えて、本人の中で違和感を抱かせないといけない。

「消された記憶って、元に戻せないものなんですか？」

わたしの問いに、ハウゼンは笑みを浮かべた。

これは何かを企んでいるに違いない。最近になって、ハウゼンの思考と行動がある程度予想できるようになってきた。特に、目だ。目は口ほどに物を言う、は嘘じゃなかった。奇天烈なことを考えているときのハウゼンは、目が怪しく煌めくのだ。

「実は、人の記憶とは脳内に明確なデータとして存在していないのです。どれだけ脳をばらしてみたところで、記憶そのものを取り出すことはできないのです。ハードディスクに記録された明示的なデータと同じと思ってもらっては困ります。『記憶』というものが蓄えられている場所など、脳内のどこにもないのですよ」

ちょっと驚いた。

じゃあ、わたしの思い出はどこにあるのだろう。消したくても消せない、クッションに顔を埋めて足をバタバタするしかない痛痒(いたがゆ)い記憶はどこに潜んでいるのだろう。

首を捻るわたしを見たハウゼンは、油断なく将棋の駒を進める棋士のような表情を浮かべた。

「記憶とは、脳全体で担保されるシステムそのものなのです。記憶と一言で言いますが、その実態は『時間』と『事象』と、『文脈』です。それらが相互に回路を形成し、どう解釈するべきかを覚えているのです。そして、それらは一か所に記載されているわけではありません」

「それじゃ、剣之介の記憶は消されていない、てことなんですか?」

ハウゼンは満足げに頷いた。

「その通りです。記憶がなくなることはないのです。失ったのは、記憶ではなく、記憶を再生するプロセスなのです。再生するための回路がうまく繋がらないだけなのです。たとえ重度のアルツハイマー患者ですら、記憶は保持しています。なんらかの刺激によって、取り戻すことは可能なのです」

すこし希望が見えた。

消えていないのなら、思い出せるはずだ。わたしとの思い出も、ムエッタのことも。

「ですが、取り戻した記憶をどう解釈するかは、本人の状態に左右されます。本人が洗脳されたままなら、思い出した記憶を『植えつけられたもの』、として排除する可能性があります。思い出すタイミングはとても重要です」

唸るしかなかった。

「うう〜ん……」

順番で考えると、洗脳を解かないと正しい記憶を思い出させても本人が信じない。でも、正しい記憶が蘇らないと、洗脳は解けないような気がする。

どうしたものだろう。というか、とっかかりが欲しい。

「何かいい方法ってありますか？」

ハウゼンが身を乗り出してきた。

「実はですね、エフィドルグのテクノロジーの解析によって、記憶調整や記憶注入の技術はある程度解明できたのです。封じられた記憶の再生や、記憶同士の整合性をとりなおして新たな解釈を植えつけることができるアルゴリズムを作りました。完全にエフィドルグと同じことはできませんが、こちらの望む形で『再調整』できる可能性があります」

そらきた。

新しく編み出した技術を使いたくてしょうがないのだ。自らの理論が正しいことが証明されることほど、ハウゼンを喜ばすものはないのだろう。

でも、やっぱり納得いかない。

「それって嘘で嘘を塗り固めるってことですよね？　それじゃあ、エフィドルグと同じじゃないですか」

「合理的、と言うべきですね。エフィドルグもフラウヴトもやっていることです。もっとも、フラウヴトの調整は敵味方の認識を入れ替える程度のことしかできませんが。とにかく、うまく再調整できれば、明日にでもすっかり味方になった青馬くんができ上がるのです」

やっぱり剣之介を物扱いだ。

とはいえ、ハウゼンの提案に魅力を感じないわけではない。

「それで、成功率はどれくらいなんですか？」

「算定できません。不確定要素が多すぎます。しかし、アルゴリズムが正しければ、かつての青馬くんを取り戻せるでしょう」

「正しくなかったら……？」

「まったくもって不明です。どのように変化しても、おかしくありません」

いくらなんでも、これはない。危なすぎる。

わたしの剣之介に、そんな危ない橋を渡らせるわけにはいかない。

「じゃあ、ダメです！」

ハウゼンは「やっぱり」とでも言いたげに肩をすくめた。

「そうですか、残念です……」

と言いつつも、あまり残念そうに見えない。

これは、まだ諦めていないな。わたしはそう直感した。もしかしたら、剣之介にも同じことを言いそうだ。剣之介に釘を刺しておかないと。

「しかし、私には理解できないのです。記憶があろうがなかろうが、調整されていようがいまいが、青馬くんであることに間違いはないのです。いったい何が問題なのでしょう？」

この人は本質的に人間を踏み外している。ちょっと怖くなった。

「思い出がなくなるのは悲しすぎます。本当に消えてしまったのなら、諦めもつくんですけど、消えていないのなら取り戻したいんです」

ハウゼンは「ふうむ」と唸って、

「あなたとの思い出が重要なのですか？」と言った。

わたしは頷いた。

「そうです」

「ならば、あなたとの記憶を注入されたクローン剣之介と、あなたとの記憶を消されたオリジナル剣之介がいたとしましょう。この事実を知らない状態で、あなたが二人に出会ったとき、あなたはどちらを本物と認識するでしょう？」

ずるい質問だ。でも、ハウゼンの言わんとすることは理解できる。

「……それは」

「答えは明らかです。記憶を持った偽物を、あなたは本物と見做すでしょう」

「そうかもしれないけど……」

「そもそも、個人とは何をもって個人とするのでしょうね？　私はそのような禅問答に興味がないので、どちらでもいいんですが」

　今まで無言だったソフィが呟いた。

「テセウスの船、ですね」

　聞いたことがある言葉だ。たしか、部品をすべて入れ替えてしまったテセウスの船は、同じテセウスの船と言えるのか、といった話だったはずだ。同一性についての思考実験のようなものだ。

　ハウゼンは肩をすくめた。

「同一ではあるのですよ。むしろ、青馬剣之介ではない、と言えないのです」

　わたしとハウゼンの考えは、決して交わることのない平行線の問題だ。

　わたしは、わたしの思い出の中にいる剣之介を取り戻したい。同じ思い出を共有して、過去と未来を繋げたいのだ。

「わたしは、同一というのは、心身共につながりがあることだと思うんです」

　ソフィは、ふふっと笑った。

「あなたらしいですね。慎ましやかに見えて、その実、強欲(ごうよく)。決めたことは翻(ひるがえ)さない」

「もしかして、酷いこと言われてる？」

「いいえ、これ以上ない称賛をしています」

「だよね。そうだと思った」

ソフィは笑みを浮かべて頷いた。

「私は同一性とは、主観によるものだと思っています。他人が何を言おうと、本人が認めない限り、意味のない問答を繰り返すだけでしょう。ですから、あなたが決めることですよ。あなたの剣之介は、あなたの中にしか存在しないのですから」

その言葉に、わたしはハッとした。

「わたしの中の、剣之介……」

そうなのだ。わたしが望む剣之介は、わたしの中にしかいないのだ。わたしの剣之介を取り戻すのだから、他人がどう思っているかなんて、気にする必要はないのだ。

○

〈くろべ〉はゆっくりと、だが確実に射手座26星系の第二惑星へと近づいていた。

船の修理と補給、乗員の休養。そして、埋葬をするためだ。

由希奈は剣之介が捕らわれている座敷牢（ざしきろう）へと向かっていた。

本当は畳なんか敷かれていなかったけども、「余っているのなら、敷けばいい」と上泉艦長が日本人らしい配慮をしてくれて、晴れて営倉（えいそう）が座敷牢となった。ちなみに、畳が足らなくなっても、「印刷」することが可能だ。〈くろべ〉の３Ｄプリンターは脳みそからティッシュペーパーまで何でも印刷できる。脳みそを印刷するのはハウゼングらいだろうけども、やっぱりエフィドルグの技術は恐るべしだ。

ハウゼンやソフィと語らったお蔭で、指針は見えてきた。押しつけてはいけない。色々な事柄を多面的に見せること。「おかしい」と自発的に気づかせること。

ただ、それがすぐにできれば苦労はしない。

何度となく鉄格子を挟んで語り合った。

戦国時代の話、目覚めたときの話、そして一緒に暮らすようになった時の話。それでも、矛盾が発生しそうなところは、巧みに変更と消去が行われていた。

一番ガッカリしたのは、カレーのことを覚えていたことだ。カレーの強烈なスパイスの香りと味は、様々な記憶を呼び覚ますと思っていたのに。だからこそ、エフィドルグですら消せなかった、と言えなくもないか。

「カレー？　宇宙に出てからは食っておらぬな。しかたがないことだが、早く故郷に帰って、そなたの作ったカレーを食いたいものだ」

こうまで言われてしまっては、「カレーで逆転サヨナラ満塁ホームラン」は期待できない。辺境矯正官の食事が「四角いもの」なのは、軍艦だからしかたがないと思っているのだ。そんな剣之介が〈くろべ〉の食事を目にすると、目ん玉が飛び出るだろう。〈くろべ〉の料理長は、ありとあらゆる国の料理を巧みに作る天才料理人だ。そんな料理長の作ったカレーを食べてみてほしいものだ。

ただ、残念なことに、今の〈くろべ〉はカレーを作ることができない。

つい半年前まで、「金曜日の夜はカレー」だったのだ。上泉艦長が海上自衛隊から持ち込んだ習慣だ。「曜日感覚を失いやすい船乗りのため」とまことしやかに語られてはいるけども、実は後付けなのだそうだ。「ま、俺が食いたいだけなんだがな。秘密にしておいてくれよ？」と上泉艦長はわたしにこっそりと打ち明けたものだ。

初めての金曜日の夕食にカレーライスが出されたとき、大多数の乗組員は変な顔をした。日本式のカレーライスは、世界的にポピュラーではなかったらしい。その顔は、かつての剣之介と同じだった。さすがに、「田畑の傍らにあるあの……」とまで口に出す人はいなかったけども。

それでも、一口食べた瞬間、全員がカレーライスの虜となった。

料理長は、エスニックな香辛料に慣れていない乗組員のことを考えて、マイルドなデミグラス仕立ての欧風カレーを最初のカレーに選んでいた。

わたしも当然食べた。絶妙な味だった。香辛料の主張は控えめだけど、しっかりとした辛みと酸味、甘みのバランスが絶品だった。剣之介が作ったカレーも美味しいものだったけども、やはりプロは違うと実感したものだ。

こうして「金曜カレー」は歓迎をもって迎えられた。中でも重度のカレー中毒に陥ったのは宙兵隊だった。

マーキス隊長以下、全員が「週一回と言わず、二回でも三回でも……」と言い始めた。扱いに困った艦長は、料理長に相談した。すると、「回数を増やしてもいいが、半年で食えなくなるぞ」という実にまっとうなお言葉が返ってきた。カレー粉の積載量の問題だった。週一回に限定しても、射手座*x1*に着くまでに消費しつくしてしまう程度の量しか積んでいないのだ。

料理長の言葉に、宙兵隊は血の涙を流して引き下がった。

だが、これで終わらなかったのだ。重度のカレー中毒患者である宙兵隊の何人かが、就寝時間中の厨房に忍び込み、カレー粉をお湯に溶いて食べるというオイタをやらかした。そんなものが美味しいはずもなく、予想と違う味に憤慨(ふんがい)していたところを御用となった。

貴重で限りあるカレー粉を無駄にした宙兵隊員には轟々たる非難がわきおこった。「マスドライバーで、銀河中心のブラックホールに撃ち出してしまえ！」と言う過激な声すら飛び出した。それが同じ宙兵隊から出てしまったのは、カレーの魔力ゆえなのだろうか。

本丸のカレー粉を減らした後も、料理長はあの手この手でカレーを作り続けたものの、ついにコリアンダーとクミンすら枯渇するという事態に陥り、ここに「金曜カレー」の命脈は絶たれたのだ。

逆に言えば、コリアンダーとクミンをフラウトで入手できれば、カレーは作れるとも言える。実は、料理長と宙兵隊は、第二惑星に停泊していた間に、それらを探し求めたのだ。特に宙兵隊の力の入れようは尋常ではなかった。七十五人全員が組織だってユ士族の街をしらみつぶしに探した。「謎の香辛料を探し求める屈強な戦士たち」は都市伝説と化した。

だが、ユ士族の街には、風味の似た香辛料はなかったのだ。比較的高緯度にあるユ士族の街は、そもそもが香辛料の消費が多くないのだという。「香辛料が欲しいのなら、もっと南の街に行くしかない」と、すっかり仲良しになったゾゾンに教えてもらったのだという。

フラヴト第二惑星は、広域物流に大きな問題を抱えていたのだそうだ。大洋がないために船舶による大量輸送がきかず、高温多湿で旺盛な繁殖力を持つジャングルは鉄道のレールをただの赤い棒に変えてしまい、強すぎる風は空輪の妨げとなっていた。

ただ、重力を捕まえてからは事情が変わったのだという。衛星軌道の宇宙港からトラクタービームで物資を引き揚げ、同じようにトラクタービームで物資を降ろすのだ。トラクタービームでゆっくりと上げ下げするので、断熱圧縮熱を気にする必要はなく、空気漏れと真空中の温度差を考慮すればいいだけだ。ほんと、トラクタービームって便利なんだなあと思った。地球においてきたのが悔やまれる。

コリアンダーとクミンについては、わたしがユ士族の族長であるエヌヌに個人的にお願いしてある。運がよければ、手に入れられるだろう。

やっぱり、剣之介にわたしの作ったカレーを食べてもらいたいから。

「よ！」

わたしの挨拶に、剣之介が笑みを浮かべた。

「そなたも毎日来て、飽きないものだな」

と減らず口を叩く。

「んじゃ、もう来ないほうがいい？」

と言うと、剣之介は慌てて口をもごつかせた。

「……そういうことを言っておるのではない！　繊細な心配りのできぬオナゴであるな、そなたは！」

いつかどこかで聞いたことのある言葉だった。

そうだ、ソフィがお萩を食べられたときだったか。なんだか、随分と昔の出来事のような気がする。

「ね、剣之介。ソフィが赤城くんにお萩食べられたときのこと覚えてる？」

しばし首を傾げていた剣之介が、噴き出した。

「……ふ、ふはは！　あれは傑作であった。普段は声を荒げぬソフィが、あのように怒った姿を見せたのは初めてであったな」

こういうどうでもいいことはそのままなのだ。なんだか悲しいやら怒れるやらで複雑な気分だ。

その後にやった討論会は「教えて！蛮族」に書き換えられているし、ムエッタは仮面の蛮族剣士に置き換えられているし、立山の山頂で戦ったグロングルは違う色にされているしで、やっぱり何の進展もなかった。

そのくせ、初めての給料で買った「スペース鍋」はちゃんと覚えていたりする。

「俺がポチッた鍋は、まだあるのであろうな？」と妙な心配をしていた。

「ああ、うん。家にあるんじゃないかな？」

嘘ではない。でも、NASAを震撼させた鍋とはいえ、二〇〇〇年は持たないような気がする。

普通に話すだけなら、剣之介だ。何の違和感もない。

でも、エフィドルグがらみのこととなると、まったく正反対に書き換えられている。記憶が破綻しているところを突かれると、頑なに反論して自分なりの落としどころを再構築して、勝手に納得してしまっていた。地球での映像を見せたりもしたが、「捏造でだまそうとしても無駄だ」と取りつく島もなかった。

茅原がマナタのコクピットの中で撮影したあの映像も、剣之介は「そんなものは最初からなかったのだ。そう思い込まされておるのだ、由希奈」と逆に説得される始末だった。地球の人を感動させたあの映像ですら、剣之介の心を微塵も動かすことができなかった。

それでも、焦らない。悲観もしない。

エフィドルグと長く戦ってきたフラウトですら「調整された者を元に戻せたことはない」と言っているぐらいだ。一週間やそこらでなんとかなるとは思わない。それは身に染みて分かった。長い戦いになるかもしれない。でも、わたしが折れるわけにはいかないのだ。

剣之介と睨めっこをしていると、ふらりとハウゼンがやってきた。

「どうですかな?」

わたしは肩をすくめるしかなかった。

「ほんとに強情で。頭よくないくせに、頭固いんだからもう」

律儀に剣之介が反応した。

「そなたは昔から、俺を侮っておるな。俺は阿呆でも頑固でもないぞ!」

「嘘をつくな!」

「何を! 共通語の成績は、そなたより、俺のほうが良かったではないか!」

英語の成績のことを言っているようだった。英語が共通語に書き換えられている。エフィドルグにとってどんな不都合があったというのだろう。

「うわー、そんな微妙なところまで書き換えられてんだ……ていうか、忘れてほしいところは忘れてくれない、不親切設計なんだね」

ハウゼンは、わたしと剣之介の他愛もない会話など耳に入っていないかのように鉄格子に使づいてきた。

「青馬くん。あなたに、調整されている私たちを助けようとする意思は、あるのですか?」

突然のハウゼンの質問に驚きつつも、剣之介は応えた。

「……それは……助けたいとは思っている」

「でしたら、粗暴な行いや、船に被害が出るような行動は慎んでください。この船がないと、私たちは生きてはいけないのですよ」

言い方は酷いものだが、ハウゼンは剣之介が無駄に暴れたり、脱走を企てたり、〈くろべ〉を沈めたりしないよう、心理誘導をしているようだ。

「……こ、心得た」

剣之介は戸惑いつつも頷いていた。

◯

〈くろべ〉の白い船体が、朝の柔らかな光を受けて、静かな湖の上に横たわっていた。

由希奈は剣之介と二人、大きく開け放たれた舷側ゲートから、水平線の向こうに霞む街並みを眺めていた。

ユ士族の本拠地の眼前に広がる大きな湖は、大きさで言えば地球の黒海ほどの大きさがある。湖水も真水ではなく、塩水だ。さすがにそのサイズともなると、海と変わらない。時化った時は、波の高さが十五ｍを超えるらしいけども、今は朝夕の凪の時間帯だ。湖面は鏡のように静かだった。ちなみに、海の知識は上泉艦長が教えてくれたものだ。

一キロクラスの〈くろべ〉でも、黒海サイズの湖と比べれば木っ端舟みたいなものだ。それでも、船体の半分を沈めるために、水深のある場所が慎重に選ばれた。そのせいか、街の港からは結構な距離が空いてしまっていた。

「あんまり海って馴染みがないよねえ」

とわたしが言うと、剣之介は頷いた。二人とも、生まれも育ちも山の中だ。

「海に出るまでが一苦労であったからな。しかし、戦国の世ならいざしらず、鉄道が引かれてからは近いものであろう」

そう言って笑った剣之介の首には、昔と同じような首輪がはめられている。

なんだか、生意気な言い草だと思った。鉄道なんて、一回か二回しか乗ったことないくせに。あれ、ダムと直通のジオエクスプレスも鉄道って言うんだっけ。だとしたら、結構乗ってるかも。

「そういえば、電車で海沿いの遊園地に行ったよねえ」

「うむ」

そうだ。聞こう聞こうと思っていて、ついぞ聞きそびれていたことがあった。他の人がいる前では、ちょっと恥ずかしくて聞けなかったことだ。

「〈枢〉をくぐる前さ、わたしを嫁にしてやる、て言ったよね?」

剣之介は、心外だとでも言わんばかりに顔をしかめた。

「言っておらぬ……」

「え!?　言ってないの?」

「嫁にしてやる、などと無礼な言葉は吐いてはおらぬ。たとえ口が悪くとも、実は頭が少々残念であろうとも、そなたは鷲羽の姫だ」

「いやいやいや、今すっごい無礼なこと言ったから。ていうか、なんか矛盾してない?」

剣之介は口をへの字に曲げて、

「そなたが言ったのだ。俺よりも先に目覚め、発展した日の本に馴染んだそなたが、タメだから夕メ口でいいと。もはや鷲羽の家を知る者は我ら二人のみ。外聞など気にする必要はない。身分などというものは、もはやないのだ、と」

「言ったっけ……?　言ったような気がするけど、ちょっと違うんじゃない?」

剣之介は溜め息をついた。

「そなたは調整されておる。俺の言葉を信じるのだ」

「調整されてんのは、アンタでしょ!」

「そなただ!」

わたしたちは三秒ほど睨みあった。

「……そなたが水を向けてくれたのだ。鷲羽の家を再興しようとする者に私は嫁ぐと。青馬剣之介時貞、お前はどうするのだ、と……」

「うわ、なにそれ……」

雪姫が本当に生きていて、現代社会で剣之介と二人っきりになったら言いそうな気がしなくもないけど、少なくともわたしはそんなセリフを思いつかない。

わたしを三個一にしてしまったせいで、剣之介の価値観と、プロポーズのセリフが衝突(コンフリクト)を起こしたのだ。エフィドルグの調整マシンは、進退窮まって妙なセリフを捻り出したのだろう。そう考えると、かなり高性能マシンだ。

だがしかし、やっぱり腹が立つ。剣之介の不器用ながらも真摯なプロポーズが、かなりキモチワルイものに書き換えられてしまっている。

「そんな回りくどいことしてないでしょ！　ガッカリプロポーズで、ガッツリ正面から来たでしょうが！」

「ガッカリだったのか⁉」

わたしたちは五秒ほど睨みあった。

「……それでも、わたしを嫁にするとは言ったんだよね？」

剣之介は不承不承ながらも頷いた。

「言った……」

ほんと、こういうことところは剣之介だ。決して嘘をつかない。

「海沿いの遊園地でさ、一緒に観覧車乗ったよね」

「うむ」

「アンタ、あのとき、結婚を反故にするって言ったよね」

剣之介の表情が渋いものになってきた。

「うむ……」

「何て言ったか、覚えてる？」

突然お腹でも痛くなったかのような表情を剣之介は浮かべた。

「……覚えておるとも」

それでも嘘を言えないのがやっぱり剣之介だ。

「もう一度言ってみてよ」

湿った潮風が気持ちよく吹いているのに、剣之介は急に汗だくになった。

「どうしても、言わねばならぬのか？」

「うん。言ってほしいな」

命令ではなく、お願いだ。

「……エフィドルグの安寧のため。鷲羽の家の再興のため、俺は行かねばならぬ。俺は武弁なのだ」と剣之介はか細い声で言った。

「はい、アウトー！」

不意に飛び出したわたしの頓狂な声に、剣之介は心底ビックリしていた。

「な、なにを申すか……!?」

「救ってもらった命、託された想い、施された恩義に報いねばならん……って言ったんだよ。こっちのほうが、剣之介らしいと思うんだけど、本人的にはどうかな?」

剣之介がハッとした。だが、それも一瞬で、雑念を振り払わんと、しきりに頭を横に振っていた。

「……俺を惑わすのはやめてくれ、由希奈。俺とそなたの幸せは、エフィドルグの安寧の元にしかないのだ」

なんだか、煩悩に抗う修行僧の念仏のように、安寧を唱えていた。

少しは効いたような気がする。

一つ一つの効果は少なくとも、積み重ねていくしかない。ボディブローのようにジワジワと剣之介の安寧を削り取っていくのだ。

遠くから船の汽笛の音が聞こえてきた。

〈くろべ〉に積み込む物資を運んできた船なのだろう。

トラクタービームを持っていない〈くろべ〉は、物資を地上から直接引き揚げるということができない。シャトルは一機しかない上に、積載量も限られている。トラクタービームを持つお仲間の船は、こぞって第三惑星に旅立ってしまったから、物資の補給は〈くろべ〉単独で行う必要があったのだ。

通常船舶から物資の搬入がスムースに行えるよう、〈くろべ〉は船体を半分沈めて搬入口の高さを船の甲板と合わせたのだ。〈くろべ〉はエフィドルグ船のような大質量を引き揚げられるトラクタービームこそ持ってはいないけども、十トン程度のものなら軽々と扱える重力クレーンは持っている。

今はその重力クレーンがひっきりなしに首を振って、なんやかんやを積み込んでいた。

反対に、〈くろべ〉から出ていく物は少ない。強いて言うなら、「どこかの星に埋めてほしい」と遺言を残した宙兵隊員の亡骸を収めた棺桶が二つ。

かつてこの星で戦い散っていった解放軍の兵士たちが眠る墓地に、一緒に埋葬してくれることになったのだ。艦長と宙兵隊の全員は、その墓地に朝早くから出かけている。

大規模修理が必要なほどの損傷は〈くろべ〉にはなかった。それでも、乗員の休息とガウスの修理は必要だったから、今の〈くろべ〉は「半舷上陸」という状態なのだそうだ。元船乗りたちは、久しぶりの海に少しはしゃいでいる感じがする。釣り糸を垂れたり、泳いだり、海パンいっちょうで甲板に転がったり、かなり自由だ。

そして、休息以上に大事なのが、食料の調達だ。

〈くろべ〉には様々なリサイクル、循環システムが積まれている。人が生きていく上で必要な水と酸素、そして、人が吐き出す二酸化炭素。それらは、様々な機器を組み合わせた、ほぼクローズドな循環系を巡っている。循環系を維持するためには、莫大なエネルギーが必要だけど、そこはたっぷりとある反物質がなんとかしてくれる。そして最終的に、純粋な炭素だけが行く当てのない廃棄物として溜まっていくのだ。

なので極論を言えば、〈くろべ〉に本当に必要なのは「食料」ということになる。それでも、人間らしい食事を諦めれば、かなりの期間の生存は可能だ。そんな事態には陥って欲しくはないけども。

射手座26星系での戦いが一段落し、さしあたってのエフィドルグの脅威はなくなったせいか、〈くろべ〉の乗組員もフラヴトの人たちも、どこか浮かれた空気を纏っていた。

無理もないと思う。フラヴトにしてみれば、慢性的な頭痛の種だった通商破壊を繰り返していたエフィドルグを駆逐できたのだ。〈くろべ〉にしても、剣之介を無事に捕まえたことで、目的の半分は達成できたと言えなくもない。ただ、今後もエフィドルグとの戦いを続けていく以上、道はまだまだ長く続いている。

しばしの休息の後、〈くろべ〉は次の目的地である、射手座*x1*に向かうことが決まっていた。

幸いなことに、〈枢〉を使えば一瞬で射手座*x1*へと行くことが可能だ。ただ、〈枢〉を開くには莫大なエネルギーを消費するらしく、気軽にほいほい開けるものではないらしい。星間同盟の取り決めで、半年に一回、定期便として開くのだそうだ。千隻もの艦隊をいっぺんに運べるほどの能力はあるのだけども、半年に一度しか開かないだけに、官民合わせた船は膨大な数にのぼり、五年先まで順番待ちのリストができているという。

それでも、〈くろべ〉は次の便に乗れることになっていた。解放軍の「緊急枠」というものが常にキープされているようで、今回はその枠を使うのだそうだ。

わたしはちらりと剣之介を見た。

剣之介は船の荷揚げが珍しいのか、少年のようなまっすぐな瞳を船に向けていた。

「……そっか、船もあんまり馴染みないもんね。楽しい？」

はにかんだ笑みを浮かべた剣之介は、それでもじっと船を見ていた。

「楽しいというものではないが、なぜか目が離せぬな。熟練した者たちの仕事さばきは、見ていて気持ちがいいものだ」

記憶も解釈もエフィドルグに調整されたままだけど、剣之介も〈くろべ〉で射手座*x1*に連れていくことになっていた。そのへんはユ士族の族長であるエヌヌと交わした約束の通りだ。そのかわり、少なくともわたしはエフィドルグと戦い続けなければならない。

それに、射手座*x1*に行けば、ゼルさんやムエッタのことが何か分かるかもしれない。剣之介の調整を解除する手がかりが得られるかもしれない。

ゾゾンによれば射手座*x1*――デオモールというらしい――星系は、解放軍の一大拠点になっているのだという。

エフィドルグに収奪され、デオモールの星の資源は事実上枯渇していたのだけども、矯正艦隊と解放軍の艦隊決戦によって、「途方もない量のデブリ」が射手座*x1*の公転軌道に漂うことになったのだ。惑星は枯渇したものの、有用なデブリベルトが出現したのだ。皮肉な話だ。その埋蔵量は、デオモールの星を遥かに上回るものだった。なにより、製錬の必要のない資源だ。勝手に修復するナノマシン装甲も山のようにあるだろう。それに、未回収の反物質炉が、ゴロゴロしているのだそうだ。射手座x1には、「反物質炉ハンター」なる危険な仕事があり、最近成長が著しいという。

そういった事情もあり、人も物もフラヴトとは比較にならぬほどの量が行き交っているらしい。母星を失った人たちや、母星を飛び出してエフィドルグとの戦いに身を投じる人も多く集まっているのだという。

そんな異星人横丁に乗り込んで、あまり異星人慣れしていない〈くろべ〉のクルーは、うまくやっていけるだろうか。

上泉艦長は、射手座x1に着いたら、乗組員全員の希望を取りたいと言っていた。解放軍に加わってしまえば、長く厳しい戦いの日々が始まるのだ。軍人のみなさんはともかく、好奇心最優先でこの船に乗った科学者のみんなは、地球に帰って報告をしたいと言い出すかもしれない。

「由希奈、街へ行かぬか?」

剣之介が急にそんなことを言い出した。

「え……? どうして?」

「うまく言えぬが……なにか引っかかるのだ。心の奥底に。それが何なのか俺には分からぬ。

違う景色を見れば、何か掴めるかもしれぬ。そう思ってな」

剣之介らしからぬ物言いだけども、これはいい兆候かもしれない。

二人でフラヴトの街をデートするのだ。そう思いついてしまったからには、じっとしてはいられない。

「うん！　艦長に相談してみる！」

わたしは転がるように駆け出した。

○

由希奈は剣之介と連れ立って、フラヴトの市場を散策していた。

春のフラヴトは、いい感じに地球の夏っぽい。

とくにユ士族の街は、それなりに湿った冷たい風が湖から吹いてきて、デートをするにはもってこいだった。

特に何かを買いたいわけではなかった。コリアンダーとクミンは、宙兵隊が都市伝説となるほどに探し回っても見つけられなかったのだ。エヌヌの国際的なコネに期待するしかない。

よくよく自分の記憶を紐解いてみても、剣之介と二人っきりで買い物に出かけたことなど、ほとんどないのだ。たいがいが近くの食料品スーパーで事足りてしまっていたのだから、しょうがないと言えばしょうがない。強いて言うなら、ショッピングモールに一度行っただけだ。あのときは、褌を買わされるという屈辱を味わったものだけど、今思えば大事な思い出だ。

「やはり歩くと重さが身に染みるものだな……」

と剣之介がぼやいた。

そうだった。剣之介はフラウトの第二惑星で歩くのは初めてなのだ。

「ふふん、衰えたな剣之介。宇宙で安寧をむさぼるだけでは、女子供にすら置いてゆかれるぞ？」と、わざとらしく時代劇風に挑発して早足で歩き出すと、「何を！」と見事に乗ってくれ、早足でわたしを追いかけてきてくれた。

今回の剣之介とのデートは、上泉艦長の許可のもと、ソフィと茂住さんが追跡をして、宙兵隊がフォローするという二重の安全策を取った上でのものだ。

視界に入るような無粋なことをするはずがないと思いつつも、ソフィと茂住さんの姿を探してしまう。

あの主従は、あれだけべったりなくせに、「主従二人だけのプライベート」がほとんどない。訓練にせよ実務にせよ、どちらも激務をこなしているので、無理からぬことだけど、今回の機会をうまいこと利用して二人にも楽しんでもらいたいと思う。

「何かを探しておるのか？」と剣之介が訊いてきた。

「ううん。ストーカーはどこに隠れてるのかな、って」

「す、すとおかあ……とは何だ？」

「えっと……変態？」

「変態⁉　おのれ、手打ちにしてくれる！」

と言いながら、剣之介は周りを見渡しつつ腰に手を回したけども、そこに刀なんかあるはずもなかった。

「暴れたらダメなんだからね？　暴れたらビリビリだかんね？」

「……無駄に暴れたりはせぬ」

と言った剣之介が、笑みを浮かべた。

「しかし、懐かしいな。この首輪といい、ビリビリのリモコンといい、何も変わってはおらぬのだな」

苦笑いを浮かべた剣之介は、首輪を触っていた。

「あれ、覚えてんだ。首輪のこと」

とわたしが言うと、剣之介の笑みは、苦笑いに変わった。

「永い眠りから覚めた俺は、何も信じられなかったのだ。そなたの言うことすら信じられず、粗相の限りをつくした。故に、枷をはめられたのだ」

「へ～、意外。自分が不良だったーって自覚はあるんだ」

剣之介は唇を尖らせて、

「誰であろうが、一つや二つ、過ちを犯したことはあろう」

「うん。そだね。一つや二つどころじゃなくても、元気に生きてるし、大丈夫なんじゃないかな」

とわたしが言うと、剣之介はからからと笑った。

〇

ソフィ・ノエルは忠実なる執事と共に、晴れた午前のカフェーのテラスで優雅にヤシ酒を嗜んでいた。

「コーヒー風味のヤシ酒とは、変わったお酒があるものですね」

「なかなかいけますな、これは……」

とセバスチャン。主人の言いつけ通り、同じテーブルにつき、同じヤシ酒を飲んでいたのだ。

手元に置いてあったオペラグラスをごく自然にかかげ、通りの向こうを流し見る。

このオペラグラスは、電波、音響、光学とほぼすべてのパッシブセンサーを搭載した相当なハイテク機器だ。

「……遠くから見ているだけなら、高校時代とまったく違いが分かりませんね、あの二人は」

「お話の内容も、変わっておりません」とセバスチャン。耳には肌色のイヤホンがはまっている。

「さしあたっての心配ごとは、調整されたままの剣之介が、おかしな行動をとらないか……ぐらいでしょうか」

「艦長からも、よほどのことがなければ介入する必要はない、と指示を受けております」

「あの人らしいですね……艦長は艦に戻られたのですか？」

「はい。由希奈さんからの連絡を受けた後、宙兵隊と共に艦に戻られました。宙兵隊から一個小隊が出て、我々のサポートについています。それに、フラヴトの宇宙軍にも話は通してあるそうです」

「手厚いエスコートですこと……宙兵隊は今でも香辛料を探し求めているのですか？」

私がそう言うと、セバスチャンが苦笑いを浮かべた。

「どうやら、そのようで」

セバスチャンにつられて、私も苦笑いを浮かべる。

サポートにかこつけて、失われた香辛料を探すつもりなのだ。宙兵隊は問題を多々引き起こすものの、たいがいは悪戯心や稚気から出た他愛のないものがほとんどだ。真剣に非難する気にはなれない。むしろ微笑ましいとすら感じる。それにしても、遥か星の海を越えてやってきた異邦人が、香辛料を探し求めて彷徨っているのだ。まるで大航海時代のヨーロッパ人ではないか。そう考えただけでも可笑しくて噴き出しそうになる。

遠くから、騒々しい笛の音が鳴り響いてきた。

「……何の音でしょう？」

さっと立ち上がったセバスチャンは、手近にいたフラウトのウェイトレスに現地語で問いかけていた。理由は分からぬが、なぜかセバスチャンに問いかけられたウェイトレスは頬を朱に染めてモジモジとしていた。

ものの十五秒で主人の元へと帰ってきたセバスチャンは、

「火事だそうです」と囁いた。

「そうでしたか」

笛の音が響くほうへとオペラグラスを向ける。

オペラグラスの内側に仕込まれた高解像度のモニターに、赤外線画像がオーバーレイ表示されると、薄い煙と共に盛大な上昇気流が発生していることが分かった。

距離はかなり離れているので、ここから避難する必要はないだろう。由希奈たちも同じく現場からは遠い位置にいる。問題はなさそうだった。

セバスチャンが不意に顔を上げ、視線を泳がせた。

「……?」

どうやら、〈くろべ〉から通信が入ったようだ。それも、比較的緊急度の高いものだ。そうでなければ、セバスチャンが視線を泳がせるわけがない。

「お嬢様、少々プランを変更する必要がありそうです」

言い知れぬ不安がよぎる。

「続けて……」

「フラヴトに捕縛されていた、エフィドルグの辺境矯正官が脱走したそうです。場所は、フラヴト宇宙軍司令部です。ここから、五㎞も離れていません」

「辺境矯正官が、宇宙軍司令部にいたのですか？」

「はい。司令部には、辺境矯正官を調整できる、調整装置があるそうでして……」

「調整しようとしたら、まんまと逃げられた、ということですね？」

「その通りです。艦長から、剣之介くんと脱走した辺境矯正官を接触させないように、と指示を受けました」

「的確な指示だと思います。すぐに二人と合流しましょう。念のため、由希奈に連絡を入れておいてください」

　と言って、立ち上がる。

「……気になりますね。脱走と火事」

「はい。タイミングが良すぎます。由希奈さんにも、近づいてくる人影には注意するよう伝えておきます」

　ちらりと通りの向こうに目をやると、さっきまで露天商の前で夫婦漫才をやっていた由希奈と剣之介がいなくなっていた。

　視界から消えたことに微かな不安を覚えたが、由希奈にも剣之介にも、二重の追跡装置が仕込まれている。すぐに追いつけるだろう。

○

剣之介は火事の笛から逃げるように、ずんずんと歩みを進めている。

「ちょっと、待ってよ剣之介……」

半ば駆け足になって、剣之介を追いかける。

「由希奈、はぐれるなよ」

と言いつつも、剣之介の足が遅くなることはない。

「なにさ、さっきまで体が重いとか言ってたくせに」

それにしても、急に早足になって、どうしたのだろう。

騒々しい笛の音が鳴り響き、人の流れが変わった。露天商のおばちゃんによれば、火事の笛の音だと言われた。そのことを剣之介に伝えると、急に早足で歩き始めたのだ。

野次馬根性で、火事を見に行こうとしているのかとも思ったけど、むしろ笛の音から遠ざかる方向に足が向いていた。

「仕方のないやつだ……」と言った剣之介がわたしの手首を掴んだ。

掴んだまま、早足で歩く。

「あ……」

剣之介と手を繋いで歩くって、実は初めてかもしれない。いやいやまてまて、手を繋いではいない。これじゃ、連行されているみたいだ。

「ちょっと、ストップ！」

わたしの言葉に剣之介が驚いて振り向いた。

その隙にわたしは掴まれた手首を振りほどき、空いた手をしっかりと握り返した。

「よし、行ってよろしい！」

と言うと、剣之介は「解せぬ」という顔で、握り返した手に気づかぬまま歩き始めた。

すると、すぐ近くで騒々しい笛が鳴り始めた。また火事だ。

わたしも驚いたけど、剣之介はもっと驚いたようだった。

「何……!?」

剣之介が脚を止め振り向いた。

ちょっと遠くに、一筋の白い煙が水色の空に立ち昇っていた。

体の向きを変えると、すぐ近くで新たな笛の音が鳴り響いている。

「……こっちか」

と言って剣之介は向きを変えた。

新しく歩き出した方向は、新たな火災からは遠ざかりつつも、前の火災には近づく方向だった。

「ねえ、剣之介、どういうこと？　何か理由でもあるの？」

「すまぬ、今は何も言えぬ。だが、もう少しではっきりする。さすれば、すべて話そう。それまで辛抱してくれ」

意味が分からなかった。でも、剣之介はこの火事に何らかの意味を見出しているようだった。

わけもわからず剣之介に引き回されているうちに、再び火事の笛の音が鳴った。

立て続けに三件の火災。それもごく短時間のうちに。怪しさ満載だ。

「やはりな……」

と言った剣之介は、狙いすましたかのように再び向きを変えた。

ここにきて、ようやく分かった。

剣之介が目指しているのは、三つの火災現場から等距離の地点。三角形の中心に向かっているのだ。でも、そこへ行って、何があるというのだろう。

ようやく剣之介が脚を緩めた場所は、静かな裏路地だった。

何の変哲もない、フラヴトの市街地。繁華街から一本入った、ゴミゴミしていながらも、人通りの少ない路地だ。

静かな通りに、携帯端末の振動音が響いた。というか、わたしの端末だった。

慌てて携帯端末をポッケから取り出すと、相当な数の通知が溜まっていた。ずっと呼び出しをされていたのだ。剣之介と一緒になって早足で歩いていたせいで、まったく気づかなかった。

「剣之介か……⁉」

不意に暗がりから、こもったバリトンボイスで呼びかけられた。

驚いて振り向いたわたしの目に向かって、青白い光が迫ってきた。

「え……？」

青白い光が、わたしの目に飛び込む直前で止まった。

剣之介が青白い光の根元を掴んでいた。

青白い光は、エフィドルグの超振動ナイフだった。剣之介はわたしに向かって突き出された刃をすんでのところで、掴み止めてくれたのだ。

「ヤマーニアか？　よくぞ見つけてくれた」

暗がりから剣之介に手首を掴まれた人影が出てきた。

顔は表情の見えない毒ガスマスクみたいなもので覆われている。声がこもって聞こえたのは、このマスクのせいだ。

背はわたしより少し高いけども、体はとても細かった。もしかしたらわたしより細いかもしれない。

ヤマーニアと言われたマスクマンが、マスクを外した。

乱暴に脱いだマスクを投げ捨てたヤマーニアは、息を吐きながら頭を振った。

顔を見て驚いた。

青白い肌に、女性かとみまごうほどに端正な顔立ちをしていた。むしろ、端正すぎて、男か女か分からない。あの低く艶のあるバリトンボイスを聞いていなければ、女性と思ったはずだ。

そして髪。宇宙の闇ほども黒く、それでいてガラスのような艶のある髪だった。しかも、黒一色ではなく、差し色のように鮮やかな朱色が混じっている。どこかで見た鉱石標本を思い出した。そうだ、この髪は紅十勝（べにとかち）だ。北海道の白滝でとれる、黒曜石（オブシディアン）とそっくりだ。

わたしはヤマーニアの美しくも危険な香りのする髪に見入ってしまった。そして気づいた。額の中央に、角が生えていることに。ゼルさんほどはっきりとしたものではないけども、明らかに角だった。

「動くなよ、剣之介」

「任せる」

わたしが振り向くとほぼ同時に、ヤマーニアの青白く光るナイフが、剣之介の首輪を綺麗に両断していた。

「もう一つあるな」

「やはり仕込まれていたか」

ヤマーニアの手首が翻ると、剣之介の上腕に一センチほどの赤い切れ目ができた。

「あ……」

あそこには、発振器が埋め込まれていたはずだ。

「よし、次はそこの女。動くな」

ヤマーニアの冷たい目がわたしを捉えた。

「ひ……」

蛇に睨まれた蛙の気分を味わった。

ヤマーニアの手首が二度翻った。

手の親指と人差し指の間、皮膚の下に埋め込まれていたマイクロチップを砕かれ、手に持ったままの携帯端末が縦に二分割された。

手に感じた痛みは、ほんの小さなものだった。血はほとんど出ていない。注射針を刺したときよりも小さい傷だった。それでも、皮膚下にあるチップが二つに割れていることは感触で分かった。

剣之介の発振器といい、わたしのマイクロチップといい、どうしてここまで正確に場所が分かるのだろう。

「場所を変えるぞ」

と剣之介が言って、早足で歩き出した。

発振器をのきなみ壊したのだ。しかも同じ場所で。何かあったに違いない、と〈くろべ〉の人たちがすっ飛んでくるのは間違いない。だから移動するのだろう。

「ねえ、待ってよ剣之介。どういうこと？　この人は誰なの？」

どう考えても、味方じゃない。〈くろべ〉にこんな悪目立ちする人はいない。限りなくエフィドルグだ。

剣之介はわたしの手首を掴んで歩きながら、早口で言った。

「ヤマーニアだ。俺と同じ船に乗り、共に戦っていた辺境矯正官だ。類まれな能力を持った、得難い人材だ」

そういえば、フラヴトが辺境矯正官を一人捕虜にしたと言っていたけども、この人だったのだ。

「ふん……そんなに持ち上げても、何も出ぬぞ」

ヤマーニアは軽口を言いながらも、照れた笑みを浮かべていた。

「お前が生きていてくれて俺は嬉しい」と剣之介は笑いながら言った。

「それは、俺も同じだ。もう一人、辺境矯正官が捕まったと聞いてはいたが、それがお前であって本当に良かった」

と言ったヤマーニアは、熱のこもった視線を剣之介に向けていた。

剣之介はまったく気づいていないけども、わたしにはよーく分かった。

――こいつは敵だ！

だがしかし、残念ながら、ただの地球人の女であるわたしには、人外の辺境矯正官にかなうはずもなく。

わたしは心の中で、臍を噛みまくっては引きちぎっていた。実際におへそは噛まないし、そもそも噛めないんだけどね。

「こちらの女性は、由希奈だ。いつも話しておったであろう。俺の許嫁だ」

剣之介の言葉に、ヤマーニアが驚いて剣之介に振り返った。その驚きように、わたしも驚いてしまった。

「な……!? なにゆえ!? いや……分からぬな。お前の故郷は、相当に遠いはずだ。いったいどうやって、ここまで来たというのだ。まさか、一人で〈枢〉をくぐったとでも？」

剣之介は首を横に振って、

「蛮族だ……どうやら、我が故郷は蛮族の手に落ちたようだ。蛮族は俺の大事な人たちを調整し、あの白き船にのせてこの星系に送り込んだのだ」

「何!? あの白き船は、お前の故郷の船なのか！」

「間違いない。船の乗り手は、すべて我が故郷の人々であった。蛮族めは、我が故郷の人々を傀儡と化して、エフィドルグに弓を引かせておるのだ」

「なんと非道な！　許し難い！」

なんというか、ここだけ聞いていると、わたしたちってすごく可哀想な人たちに聞こえてくる。でも、ここで盛り上がってる二人に反論しても、何の意味もないんだろうなあ、と思うとなんだか悔しい。

「……もしや、お前の許嫁も？」

無言で剣之介が頷くと、ヤマーニアは派手に憤慨してみせた。

いやたぶん、剣之介に見せるパフォーマンスでしょ、それ。わたしには分かってるんだから。

剣之介は、最初っから〈くろべ〉の追跡をまくために上陸を望んだのだ。

わたしはそんな剣之介の計略にまんまと引っかかった。しかも、逃げ出した辺境矯正官と合流されてしまった。おまけに、発振器も携帯端末も全部壊された。

わたしたちを〈くろべ〉は追跡できないのだ。これは非常にヤバイ。

——なんとかしないと。

でも、どうやって。明らかな敵であるヤマーニアをなんとかしない限り、わたしと剣之介のハッピーな未来はやってきそうもない。

わたしが未来を切り開く手段を模索しているうちに、剣之介とヤマーニアは一つの合意に達したようだった。

「やはり、沈めるか」と剣之介。

「あの船はエフィドルグにとって脅威となりうる。同型艦が量産されてしまっては、我がエフィドルグとて安穏(あんのん)としていられまい」

なんだか、大変物騒な話をしている。

「確かにな……」

「それに、我ら二人で沈めたとなれば、大きな手柄となる」とヤマーニア。

その言葉に、剣之介は大きく頷いた。

「やるしかないようだな……」

やるなよ、バカー！

この二人は〈くろべ〉を沈める気だ。人間二人で一キロサイズの船を沈めるなんてことができるのか謎だけど、この二人は辺境矯正官だ。そして、〈くろべ〉はエフィドルグ船と構造がほとんど同じだ。

とてつもなく嫌な予感がする。

第六話　『忘却の彼岸』

由希奈は剣之介に手首を掴まれ、人通りの少ない路地を歩いていた。剣之介の前を、ヤマーニアが先導するように歩いている。

わたしは内心の焦りを気取られぬよう、能面を顔に張りつけて彼らに歩調を合わせていた。

剣之介とヤマーニアは〈くろべ〉に乗り込み、反物質炉を自爆させるつもりなのだ。どうやって自爆させるのかは謎だけども、「できる」と思ったからこそ行動に移しているのだろう。エフィドルグにしか分からない秘密コードみたいなものがあるのかもしれない。

なので、なんとかしてこの状況を脱したいと思ってはいるのだけども、わたしは行動を起こせずにいた。

一度だけ人通りの多い道を横切った際に、声をあげて助けを乞うてみようかとも思ったけど、できなかった。ヤマーニアはエフィドルグの超振動ナイフを持っているのだ。無関係な人が傷つくかもしれないと思えば、喉元まで出かかった声を飲み下すしかなかった。

剣之介の手を振りほどいて逃げようかとも考えたけど、身体能力は剣之介やヤマーニアのほうが遥かに上だ。しかも剣之介はわたしが調整されていると思い込んでいるので、無理やりにでも引き戻すだろう。

通信手段はなく、わたしたちを追跡するための発振器もマイクロチップもヤマーニアに破壊されてしまった。〈くろべ〉のみんなはわたしたちを追跡する手段がない。

わたしがあれこれと考えている間に、ヤマーニアはどんどんと路地を進み、いよいよ人気のない場所へとやってきた。

辺りは同じような形をした石積みの建物が並んでいる。どの建物も古臭く、長く使われていないのが一目で分かった。

旧市街と呼ばれている一角なのだろう。

ユ士族の街は、長い戦乱の末に解放されたという歴史を持っている。解放されてからの建物はどれもモダンな外観をしていたけども、旧市街は時の流れに置いて行かれた風情を漂わせていた。旧世代の遺跡のような石造りの街並みがそっくり取り残されて、沿岸部に宇宙時代の真新しい建物が一気に建ち並んだ、そんな街なのだ。

戦乱のせいで減った人口も戦後四十年経って回復しつつあるのだけど、新市街に人が流れてしまって旧市街はほったらかしだ、とフラヴト宇宙軍の女性士官であるリララが言っていた。

そういえば、リララに頼んでおいたフラヴトの地層の本を受け取っていない。今度取りに行こう。

わたしが現実逃避的に余計なことを考えているうちに、ヤマーニアは奥まった場所にある倉庫の古びた扉を開いた。

扉の背は低く、わたしでギリギリ、剣之介やヤマーニアは腰を落としてくぐっていた。

倉庫の中はカビ臭く、壁のあちこちに苔や謎のキノコが生えていた。それを見ただけで、この倉庫が長い間使われていないことが分かる。

　ヤマーニアはさらに地下へと続く階段を下りていった。

　ほったらかしではあるけども、電気は通っているようでナトリウム灯らしきオレンジ色の光が地下の狭い通路を照らしていた。

　ヤマーニアが突き当りの錆びた鉄の扉を開いて中へと入っていった。

　部屋の中は、壁際に空っぽのラックが並んだだけの殺風景な部屋だった。天井にはぼんやりとオレンジ色の光を放つ電灯が一つきりだ。

　ヤマーニアが部屋の中央で振り向いた。

「ここは長く人の入った形跡がなかった。隠れ潜むには好都合だと思っていたのだが、何も準備はできておらん。許せ」

「問題ない。俺も辺境矯正官が一人捕らえられたと聞き、合流すべく行動を起こそうとしていたのだ。むしろ、先を越されたと言うべきか」

　と言って剣之介は笑った。

　ヤマーニアは笑みを返して、

「非常時の合流規範通り、三か所で火災を起こしたのだが、まさかこんなに早く合流できるとは思っていなかったぞ」

　剣之介は頷き返した。

「それは俺も同じだ」

「……隊長や他の辺境矯正官がどうなったか知っておるか？」

剣之介は首を横に振り、

「隊長は蛮族の手に落ちた。生きてはいるかもしれんが、傀儡とされているとみて間違いない。辺境矯正官で生き残っておるのは俺たちだけだ」

ヤマーニアは厳しい表情で頷いた。

「仲間の仇を取らねばな……まずは隊長の権限を剥奪して、委譲処理をせねばならん」

「そのようなことができるのか？」

「忘れたのか？　辺境矯正官安寧規律第二十三条六十六項に、辺境管理官が敵の手中に落ちたと判断されたとき、生存する辺境矯正官全員の同意があれば管理官を解任できる、とある」

そう言われた剣之介は、はたと気づいたようだった。

「そういえば、そのような条項があったな。まさかそんな事態にはなるまいと思っておったが……」

ヤマーニアは懐から菱形の小さな機械を取り出し、剣之介に放った。

剣之介は片手で放られた機械を掴み、ヤマーニアに問うた。

「これは……？　お前はいいのか？」

ヤマーニアは笑みを浮かべ、左の手首を剣之介に掲げた。そこには、剣之介に放った機械と同じく菱形の意匠が施されたブレスレットがはまっていた。

あの機械は見たことがある。かつて黒部研究所で脱走したフスナーニがしていたものと同じだ。エフィドルグの情報端末なのだろう。

「抜かりはない。フラヴトの奴らから逃げる際に、一切を取り戻したのだ。それは俺の私物だ。遠慮なく使え」

剣之介は何度も頷き、

「さすがだ。お前の千里眼は驚くべき能力だな」

「それほど便利なものでもないがな。しかし、俺に電子的な隠し事はできん」

とヤマーニアは、自慢げに胸をそらせた。

電子的な隠し事って何だろう。もしかして、剣之介に埋め込まれた発振器やわたしのＩＤチップを見つけ出した能力のことを言っているのだろうか。

「あの……ヤマーニアさんは、電気が見えるんですか？」

とわたしが訊くと、ヤマーニアはニヤっと笑った。

明らかにわたしを見下した眼だ。どうやら、ヤマーニアもわたしを「敵」と認識しているようだ。しかも、瞳の奥には、勝利を確信した自信のようなものを宿している。こいつは油断がならない。

「君には理解できないかもしれないけど、俺は電位差を感じることができるんだよ。だから、生きている人間や、電子的な動作をしている機器は、俺から隠れることはできないんだ」

そう言いながら、ヤマーニアは額の角を触っていた。

まるで幼子に諭すかの言いように、わたしはカチンときた。しかも口調まで、剣之介と対するものと変わっている。「俺、お前」の仲を暗に強調しているのだ。

ほんと腹立つ。

「……すごいんですねえ」

とわたしは笑みを浮かべて返したけども、たぶん顔が引きつっている。頬の筋肉が精神状態に引きずられているのが分かる。

ヤマーニアはわたしの顔を見て、ますます笑みを深めた。

悔しい。大変悔しい。この悔しさをバネに、わたしは必ず剣之介を取り戻すと心に誓った。とはいえ、今のところ無力なただの女である状況は変わらない。ここはぐっと我慢をして集められるだけ情報を集め、ソフィたちと連絡が取れたときに反撃をするのだ。

ヤマーニアは、わたしの顔を見て満足げに頷き、ブレスレットのはまった手首を返した。

空中に映像が投影され、エフィドルグの文字が次々と表示されていった。

「……やはり、隊長の反応が返ってこないな。お前の言う通り傀儡とされてしまったようだ。辺境矯正官で応答があるのは、俺とお前だけだ」

ヤマーニアと同じように菱形の機械を掌に乗せ、空中に投影された文字を眺めていた剣之介が頷いた。

「そのようだな」

「辺境管理官の解任に同意するか？」

「……同意する」

剣之介の声に反応したかのように空中の文字が流れていき、新たな文字が浮かび上がった。

「管理官代理は、剣之介、お前だ」

「俺が最先任であるからな。仕方あるまい」と剣之介は頷いた。

「お前は辺境管理官となるべき男だ。お前の下になら、俺は喜んでつこう」

ヤマーニアは点数稼ぎに余念がない。見ているしかないのが腹立たしい。

剣之介は笑いながらも首を横に振った。

「買いかぶりすぎだ。ひとまずは、この窮地を脱して、共にエフィドルグに戻らねばならん」

ヤマーニアははにかんだ笑みを浮かべた。

たぶん、剣之介の「共に」という部分に反応したのだろう。いちいちヤマーニアの心情が理解できてしまうのが鬱陶(うっとう)しい。

投影された文字を眺めていたヤマーニアが呟いた。

「やはり、船は反応がないか……」

「蛮族が権限を書き換えたのだろう。想定内だ。お前のグロングルはどうだ？」と剣之介。

ヤマーニアは首を横に振った。

「厳重に隔離されているな。一切の呼びかけに応答がない」

「俺のハライも同じようなものだな。反応はあるが、権限がないようだ。やはり纏い手を書き換えられている」

剣之介のハライは、捕獲した際にリディくんが纏い手を書き換えてある。厳密にいうと、「纏い手無し」という状態になっている。だから、存在はしていると分かるけども、剣之介の呼びかけには応答しないのだ。

「船の自爆手順の記憶は解除されたか？」

一瞬怪訝な表情を浮かべた剣之介だったが、

「……？　ああ、今思い出した。辺境管理官断罪権限第四号だな。しかし、不思議なものだ。今まで知らなかったはずの事柄が、さも知っていたかのように思い出されるとは」

「管理官と認証されたからだろうな。俺には理解は及ばぬが、エフィドルグの技術は素晴らしいものだ」

わたしは嫌な汗が背中に流れるのを感じた。

剣之介が辺境管理官代理となったことで、自爆コードのようなものが解除されたのだろう。剣之介たちの口ぶりから想像するに、どの船でも共通の手順なのだろう。〈くろべ〉の反物質炉は、そっくりそのままエフィドルグ船のものと同じだ。

とてもマズイ。

「ねえ、剣之介、ほんとに〈くろべ〉を……わたしたちが乗ってきた船を沈めるの？」

わたしの問いに、剣之介はちょっとだけ目を伏せたけども、すぐに真剣な視線を向けてきた。

「エフィドルグの安寧のため、あの船は沈めねばならん」

「酷いよ、剣之介！　ソフィや茂住さん、ハウゼン先生だって死んじゃうんだよ？」

剣之介は視線を逸らせた。

「反物質炉を少しと推進機関を壊すだけだ……船を蒸発させるほどの爆発は起こさぬ。こっちも吹き飛んでしまうからな。船さえ飛ばなければ良いのだ。ソフィやハウゼン殿が逃げるだけの時間はあるはずだ」

苦しい言い訳だ。剣之介もそれは分かっているのだ。それでも、エフィドルグの辺境矯正官として、やらずにはおれないのだろう。傍らにいるヤマーニアの存在も大きい。戦友であるヤマーニアに、弱腰な姿を見られたくないのだろう。

剣之介は本気で〈くろべ〉を沈める気だ。それでも、沈めるためには、〈くろべ〉に入らないといけない。〈くろべ〉のことはわたしのほうが詳しい。隙を見て逃げ出すか、火災報知器の一つでも押してやろう。

わたしは腹をくくった。

「わたしは絶対に認めないからね」

せめてもの決意表明だ。

剣之介は悲しげな表情を浮かべた。

「俺はそなたを必ずやエフィドルグに連れ帰り、元に戻してみせる。時がたてば救援はやってくるのだ。それまでの辛抱だ……」

ヤマーニアが剣之介の言葉を遮った。

「剣之介……もういいだろう。行動を起こす時だ」

剣之介はハッとしてヤマーニアに頷いた。

「そうであったな。では、参ろう！」

剣之介はわたしに背を向け、ヤマーニアと共に部屋の出口へと向かった。

わたしが慌てて剣之介の背を追いかけると、目の前で鉄の扉が閉められた。

「え……？」

赤錆びた分厚い鉄の扉が、わたしと剣之介の間に割り込んだのだ。

「剣之介、どうして……？」

扉の向こうから、剣之介のこもった声が聞こえてきた。

「そなたを連れていくわけにはいかん。荒事になるやもしれん。なによりそなたは調整をされておる。我々の邪魔をせんとも限らんのでな。許せ」

「残念ながら、作戦行動の邪魔なのです、お嬢さん」とヤマーニア。

いわずもがなのことをわざわざ言ってくれる、とっても気の利く人だ。

「待って！　剣之介、待ってよ！　わたしも連れてってよ！」

わたしの叫びに対する返答は、硬い金属音に遮られた。

ドアノブに硬いものが当たる感触がドア越しに伝わってきた。

「これで問題なかろう」とはヤマーニアの声だ。

慌ててドアを引いてはみたものの、微かに動くだけで開く気配は微塵もなかった。どうやら外側のドアノブに何か硬いものを引っ掛けているようだった。

この部屋のドアは内開きだ。押してもびくともしない。引いても開きそうにない。

わたしは完全に閉じ込められた。

「どうしよう……なんとかして、〈くろべ〉に知らせないと」

でも、どうやって。携帯端末は縦に二分割された時に取り落としたきりだし、手に埋め込まれていたIDチップもやっぱり二等分されている。

連絡手段も、わたしを追跡する手段もない。

なら、脱出するしかない。

そう思って部屋を見渡してはみたものの、あるのは錆びた空っぽのラックと、高く積もった埃。壁に生えた苔と謎のキノコ。それだけだ。地下なので、当然窓は一つもない。

天井を見上げてみても、淡い光を放つ電灯が一つ。部屋の隅に通気口らしい直径が二十センチほどの穴。どれだけダイエットしたとしても、二十センチのダクトには入れない。

淡い期待を込めて、石積みの壁を押してみた。

もしかしたら、ただの薄い壁で、壁をぶちやぶって隣の部屋に出られるかもしれない、と思ったのだけど、現実はそんなに甘くなかった。

やっぱり、びくともしなかった。

それでも、押したり蹴ったりしているうちに、壁の石の一つが外れそうだった。わたしは慌てて壁から石を引っこ抜いて、空いた穴に手を入れてみた。

手に冷たいボソボソとした感触が伝わってきた。

石壁の向こうは、土だった。どうしようもないほど、地下室だ。

結論、詰んでる。

「ああ～、どうしよ～」

わたしは悲嘆にくれて、冷たい石畳の上に座り込むことしかできなかった。

○

颯然(さつぜん)と行きすぎた潮風が、優雅に波打った黄金の髪を揺らしていた。

茂住敏幸(もずみとしゆき)は、斜め前方四五度、距離一二〇センチにある見慣れた金色の芸術品を見つめていた。

この主人に仕えて、何年が過ぎただろう。

二〇一五年の初春に運命の邂逅を果たし、それ以降仕えているわけであるから、主観時間で八年と少々。地球から見れば、二一五年もの長きに渡り仕えているということになる。人類史上これほど長く主人に仕えた執事はおるまい、と想像してみると妙な面白味を感じて微かな笑みが漏れてしまった。とはいえ、このセバスチャン、無用な笑みを気取られるほど面の皮は薄くない。

幼少の頃より、「仕える」という行為にある種の憧れを抱いていたのは確かだ。それがテレビの影響なのか、はたまた読み聞かせをされた絵本であったのか、記憶は定かではない。

その想いが高じて、自衛隊に入った。国家に仕える、という道を選んだのだ。

望まれるままに様々な資格を取得し、命令を実行してきた。抜群の成績と揺るぎない忠誠心は、とある部署への転属命令を呼び寄せた。そこは、「表向き存在していない」セクションだったのだ。ある時は秘密裏に砂漠の街のただ中に単身で溶け込み、またある時はジャングルの奥深くで麻薬栽培の農夫を演じていたこともある。

それほどまでに国家に仕えてはきたが、本心では満足していなかった。確かに、国家の安全を支える重要な情報をもたらしているという充実感はあった。だが、国家はこちらの奉仕に、応えてくれないのだ。冷静に考えれば、システムとしての国家に人のような振る舞いを期待するほうがおかしい。だが、俺が求めていたのは、応えてくれる主人だったのだ。

どこか熱が冷めてしまった俺は、半ば機械と化していた。命令をすれば忠実に実行するが、特筆すべきところは何もない。上官も持て余していたのだろう。久々の国内勤務地は、国際連合黒部研究所という僻地だった。それも、アーティファクトのデッドコピーと言われている二足歩行巨大ロボット「ガウス」のテストパイロットだ。

本来なら、テストパイロットは実戦部隊の生え抜きがなるべき職種だ。だが、今回求められた人材は、「テストパイロットという肩書を利用して、黒部研究所の情報を幅広く集めることができる者」だったのだ。考えることは他の国も同じようなものだったらしく、同僚である劉（リュウ）神美（シェンミイ）も同じ穴の貉（むじな）だった。彼女は人民解放軍空軍のエースパイロットという触れ込みであったが、その正体は人民解放軍総参謀部第二部特使処のエリートスパイだ。それでも、お互いの正体を言及することはまったくなかった。なぜなら、お互いが泥の底に沈む藪蛇（やぶへび）となるからだ。

日本という国は、自身の国土から出たアーティファクトを「取り上げられた」という恨みを抱えていた。議員や高級官僚の一部には、なんとかしてアーティファクトを日本のものにできないかと画策している者もいた。無理からぬ反応だろう。国連は「人類共通の財産」というお題目をでっち上げて、出土したものの所有を禁じたのだ。自らが不利とみるや、ルールを変えてくる欧米人らしいやり口だ。だが、第二次大戦の「敗戦国」である日本に、異を唱える自由はなかった。

そうして、日本人である俺が、日本が建てた研究所にスパイとして送り込まれたのだ。

送り込まれて早々、追加の任務を仰せつかった。

フランスから単身やってくる日本に不慣れなテストパイロットの世話係、というものだった。実際は、フランスが掴んだ情報の裏取りと、情報の漏洩度合いを確認するリトマス試験紙のようなものだ。

非公式な裏話として、フランスの防衛駐在官を通じて、幕僚のお偉いさんが、娘を心配すぎた父親から是非にと頼まれた、という事情もあった。

その少女を初めて見た瞬間、衝撃が走った。俺は決して少女趣味というわけではなかったが、その少女から滲（にじ）み出る気高さに圧倒されたのだ。幼い外見に似合わず凛とした背筋が伸び切った佇（たたず）まい。強い意志と信念を感じさせる瞳。そして、口から出る声は穢れなき魂を感じさせる清らかなものだった。

その気高さに俺は微かな不安を抱いた。幼さと気高さの同居は、往々にして本人にとって不幸な結末を呼び寄せる。

過去の作戦で訪れた、政情が不安定だった地中海沿岸の国のことが思い出された。その国は、老いも若きも例外なく理不尽な災厄に見舞われていた。特に、幼いながらも気高さを持ち合わせていた子供たちは、その気高さ故にこっぴどい傷を負っていた。初恋の相手が撃ち殺されたことをローカルニュースで知るような国で育った子供が、どれほどの心の傷を抱えているのか、ましてや自分の力ではどうすることもできないのだと知った時の絶望感がいかほどのものか、現場に行ったことのない人間には想像すらできないだろう。

そういえば、このときにあの男と知り合ったのだったか。お互いをコードネームでしか呼び合わない暗黙の了解事項を超えて友人となった同僚は、すでにこの世の地獄を見過ぎていた。この任務を最後に退役して、人を育てる仕事をしたいと言っていた。そして、まさかの再会を黒部で果たしたのだ。夢を叶えたはずの男は、不幸にも国家が鎬を削るパワーゲームの舞台へと再び駆り出されてしまっていた。国家が、知り過ぎた男から目を離すわけはなかったのだ。

極少数しか知らないことだが、立山国際高校は情報の漏洩を防ぐための監視場であり、各国のスパイを炙り出す狩場でもあったのだ。

フランスからやってきた気高い少女は、魑魅魍魎が跋扈する黒部研究所と立山国際高校に乗り込むことになる。

言いようのない不安が胸中に渦巻いた。

もし、俺の見立てが間違いでないのなら、俺はこの少女に仕えよう。魑魅魍魎から穢れなき魂を守る盾となろう。そう思った。

少女は正確な日本語で名乗った。とても昨日今日で覚えたような、付け焼き刃の発音ではなかった。

「ソフィ・ノエルです」

俺はお返しとばかりに、フランス語で応じた。

「茂住敏幸と申します。以後お見知りおきを」

フランス語で返ってくるとは思っていなかったのだろう。美しいバイオレットの瞳が驚きに満ちていた。

「随分とお若く見えますが、成すべき者の務めはご理解されておりますかな？」

あえて不躾で無礼な問いかけをした。

一瞬だけ目を細めた少女は、驚くべき言葉を吐いた。

「貴となく賎となく、老となく少となく、悟りても死迷うても死……」

『葉隠』の一節だった。

まさか、フランス人の少女から葉隠を聞かされるとは思いもよらなかった。

「年齢や性別など関係ありません。できるときに、できることをやり切るまでです。私の能力をお疑いでしたら、いつでもお相手をいたしましょう」

揺るぎない信念を持った少女であった。しかも、初対面にもかかわらず、倍以上も年齢差がある男に向かって「いつでもかかってこい」と喧嘩を売ってきたのだ。無謀とも思えるが、比類なき勇気と自信の持ち主でなければ、このような言葉は吐けまい。

俺はとうとう見つけたのだ。魂から仕えるべき相手に、ついに巡り合えたのだ。

心の底から俺は頭を下げた。

「貴き者に仕えるのが、我が天命と心得ております。以後、私めを下僕としてお使いください」

そして、大事な補足を付け足した。

「私のことは、セバスチャンとお呼びください。お嬢様」

目を丸くした少女は、微かな笑みを浮かべて頷いた。

「分かりました。これからよろしく頼みます。セバスチャン」

この少女は、傅く者を侍らすことに何の抵抗もない、高貴な家の出だったのだ。

それからの俺は、名をセバスチャン、一人称は「私」になった。

前を歩く主が不意に立ち止まった。

「セバスチャン」

三十センチほど距離を詰めて返答をする。

「はい、お嬢さま」

「ここで間違いはないのですね？」

「間違いありません」

〈くろべ〉と繋がった携帯端末に表示された地図は、ここを指し示していた。剣之介に埋め込まれた追跡ビーコンと、由希奈の手に埋め込まれていたＩＤチップの信号が同時に途絶えた場所だ。

「一時方向に、二分割された由希奈さんの携帯端末。十二時方向に、切断された剣之介くんの首輪の残骸があります」

と私が言うと、主はすぐに見つけたようだ。

「……エフィドルグの刃物ですね」

主は切断された機器の状態を見て気づいたようだ。

「そのようで」

すぐ横にいた宙兵隊員が手を上げた。

宙兵隊員の足元に、ゴム製のガスマスクが転がっていた。

「あのマスクで面貌を隠していたエフィドルグの辺境矯正官と、ここで合流したのでしょうね」

「その見立てで間違いはないかと」

状況としては、かなりひっ迫している。

フラヴト宇宙軍司令部から脱走した辺境矯正官が、自分のことを辺境矯正官と思い込んだままの剣之介と合流。そして、由希奈は事実上の人質となっている。

追跡をするための手段はすべて破壊されている。どうやって追跡ビーコンやＩＤチップの場所を知ったのかは謎だが、辺境矯正官はエフィドルグ製の機器を脱走する際に奪い返している。その機器を使ったのかもしれない。

フラヴト側も今回の大失態で大わらわだ。宇宙軍のみならず、戦士団すら動員して辺境矯正官の捜索に当たっている。街の主要街道には検問がしかれ、交差点や公共交通機関には警察官が張り付いている。異星人の三人組だ、間違いなく目立つ。街から出ることは不可能だ。

それに、すでにこの場所のことは伝えてあるから、フラウトの官憲が大挙して押し寄せてくるはずだ。フラウトからは、ここを起点に人海戦術を使ったローラー作戦でしらみつぶしに建物を捜索していくと聞かされた。

手段としては悪くない。だが、時間がかかりすぎる。

相手は辺境矯正官だ。犯罪者とは目的も動機も異なる。

「剣之介と辺境矯正官は、何をするつもりなのでしょう？」

主も私と同じように思考を巡らせていたようだ。

「脱走した捕虜は、自国へと戻ろうとするはずです」

「エフィドルグに戻るためには、宇宙に出なければなりません」

対話による理論の構築を進めるつもりなのだろう。

「地上から宇宙に上がれるシャトルは、宇宙軍本部にしかありません」

主は首を横に振った。

「いいえ、〈くろべ〉にもあります。そして、〈くろべ〉は剣之介のグロングルであるハライを積んだままです」

剣之介と脱走した辺境矯正官なら、〈くろべ〉に忍び込んでグロングルを取り返し、シャトルを奪おうとするかもしれない。そうでなくとも、グロングルを奪われてジャングルに逃げ込まれてしまえば、捜索は難航を極めるだろう。

「……〈くろべ〉に向かっているかもしれませんね」

主は私の言葉に頷いた。

「グロングルを取り返すつもりでしょうが、そうすると由希奈の存在が邪魔になるでしょうね」

「私もそう思います。戦士二人から見れば、素人の女性は足手まといになると考えるはずです」

私の言葉に頷いた主は、懐からオペラグラスを取り出し、腰をかがめた。

「……そう遠くない場所に、由希奈は閉じ込められているかもしれません」

主の持つオペラグラスは、クラシックな見た目とは裏腹に各種センサーを搭載したハイテク機器だ。肉眼では見えない世界を見せてくれる。

「見つけました」

ものの数秒で主は何かを見つけたようだ。

○

ソフィは人通りの多い路地で足を止めていた。

斜め後方には定位置のセバスチャン。セバスチャンのすぐ後ろには、宙兵隊から派遣された宙兵隊員たち。

「……足跡を追跡するのは、ここまでのようですね」

セバスチャンも頷いた。

「そのようで」

赤外線映像と可視光線の映像を合成しつつ足跡を追ってはきたが、人通りの多い道に突き当たってしまった。

足跡の向きは通りに沿うように続いていたが、数多の足跡に紛れて見えなくなってしまった。

さて、どうしたものか。

いくつか手はあるが、どれからやるべきだろう。

「宙兵隊の皆さんには、近辺の店で聞き込みを開始してもらいました」とセバスチャン。

さすが情報畑を歩んできた男だ。この手の仕事はお手のものなのだろう。

「フラヴトの宇宙軍から、この辺りの詳細な地図と概要を取り寄せました」

常に一歩先を考えて迅速に対処するのも優れた執事ならではだ。

セバスチャンが差し出した携帯端末には、現在地を中心とした詳細な地図が映し出されていた。

「……この通りの向こうは、どういう区画なのです？」

と私が問うと、セバスチャンはすぐさま答えた。

「旧市街と呼ばれている、古い街並みだそうです。最近の開発からは取り残された人口密度の低い地域です」

「潜伏するには、もってこいの場所ですね」

「はい。脱走した辺境矯正官が目をつけてもおかしくはないと思います」

問題は、人一人を見つけ出すには、旧市街が広すぎるということだ。

せめて由希奈たちが、どの角を曲がったかだけでも分かれば捜索地域を絞り込めるのだが。

今は宙兵隊の聞き込みに期待するしかない。

由希奈はどこにいるのか。剣之介たちはどこまで〈くろべ〉に迫っているのか。

もどかしい焦りが心中にじわじわと広がっていく。だが、今は待つしかないのだ。

○

灯りの一切がない鋼鉄の箱の内部は、船の機関音と船体の軋む音、ときおり船体の腹を打つ波の音だけを伝えてきていた。

剣之介は肩を寄せ合うヤマーニアの吐息を身近に感じながら、これからのことを考えていた。

うまく貨物船の荷に忍び込むことができたが、外の様子の一切が分からぬのは若干の不安を感じる。だが、白き船の荷揚げの様子はしっかりと観察していた。このまま何事もなければ、うず高く積まれた荷の一つとして船倉に収まるはずだ。白き船の船乗りは、荷の確認をしている様子はなかった。行動を起こすのは、その後だ。

そういえば、由希奈はあの船を〈くろべ〉と呼んでいたか。

故郷の地名であり、川の名だ。

何故、蛮族はかような名をつけたのか。理由は分からぬが腹立たしくもあり、郷愁を呼び起こす名でもある。

俺が辺境矯正官となって何年が過ぎたろう。

矯正艦隊の決戦の場にゼル殿と共に馳せ参じ、蛮族共と壮絶なる戦いを演じたのは遠い過去のように感じられる。

当初は敵味方共に突然現れた謎のグロングルに戸惑っていたようだが、幸いにして辺境矯正官の中にゼル殿の一族の者がいたために、すぐに味方と認められた。ゼル殿の弟の曾孫(ひまご)だと言っていたか。とっくに死んだと思われていた英雄の帰還だ。味方は大いに沸いた。

そして、長く果てしのない戦いの末に、ゼル殿の故郷であるデオモールの星系を蛮族の手から取り戻したのだ。

その後、俺は正式に辺境矯正官となり、蛮族の手に落ちた星系を次々と解放していった。その中にはこのフラヴトもあったのだ。

いくつもの〈枢〉をくぐり、いくつもの星を巡っていたあの日。突然の転属命令が俺の元にもたらされた。解放したはずのデオモールとフラヴトが、再び蛮族に奪われたというのだ。我が耳を疑った。詳しい経緯は機密扱いとされ、知らされることはなかった。

かつてフラウトで戦ったこの俺に、白羽の矢が立ったということなのだ。

傍らのヤマーニアが、微かな溜め息をついた。音しか手がかりがない暗がり故に、息遣いは手に取るように分かる。

「どうした。心配ごとでもあるのか？」

と俺が問うと、ヤマーニアは苦笑いのような吐息を漏らした。

「鉄の箱に閉じ込められると、外の様子が一切分からぬ。あまり経験がないものでな」

「不安か？」

「それほどでもない。お前がいるからな」

「泥船に乗ったつもりで安心するが良い」

ヤマーニアが軽く笑った。

「不安にさせたいのか、安心させたいのか、どっちなのだ？　そもそも、俺は水の上に浮かぶ船というものに初めて乗ったのだ。その言葉は俺にとっては安心をもたらすものではないぞ」

「そうか。お前の故郷には海がないのか」

「小さな水たまりと細い川しかなかったな。岩と砂しかない不毛な星だ」

「では、この船が沈むと大変なことになるな」

と言って俺が笑うと、ヤマーニアも笑った。

「そのときは、お前にしがみつくことにしよう」

「難しいことではない。空気を目いっぱい吸って、体の力を抜けば自然と浮くものだ」

「そうならないよう願ってるよ」

ヤマーニアは幾分落ち着きを取り戻したようだった。

意外と水の上にいることが不安だったようだ。知識として知ってはいても、いざ本物を目の前にすると、未知の恐怖というものが湧き上がるものなのかもしれない。

そういえば、俺も随分と泳いでいない。故郷の辺境矯正官養成学校の授業で泳いだきりか。

ケシカラン恰好をしていた相談役は息災であろうか。

「剣之介、熱量と栄養は足りておるか？」

「朝食ったきりだな」

「戦の前だ。食っておけ」と言ったヤマーニアは、俺の手に四角い物を握らせた。

エフィドルグの高機能食だ。

「ありがたくもらっておこう」

俺は四角い物を口に放り込んだ。

味わいもへったくれもないモノだ。一粒で三日は持つほどのものだが、やはり食のありがたみは感じられない。

〈くろべ〉で久しく忘れていた「食事」というものを味わった。あまりに久しぶりだったので、「味」というものを思い出すのに苦労した。美味い、という感覚を味わったのは何年ぶりであろうか。

そういえば、俺たちはいつから船に乗っていたのだったか。転属命令を受け、真新しい船に配属され、浮遊惑星という前線基地に送り込まれたのは何年前だったか。

過去に思いを馳せる俺の思考を、不意に鳴り響いた汽笛の音が遮った。

○

ソフィはセバスチャンと共に、フラヴト人が行き交う路地の片隅で宙兵隊の報告を聞いていた。

「三人組の目撃情報があったのですね？」

目の前のいかつい宙兵隊員が頷いた。

「はい」

傍目から見れば、細身の女性が屈強な男たちに囲まれて凄まれているように見えるだろう。が、実際は逆だ。女が、むさくるしい男たちから言葉を引き出しているのだ。

宙兵隊は驚くほど達者に現地語を話し、商店の主からかなり正確な情報を聞き出していた。宙兵隊員の一人は、この辺りで「香辛料」を探し求めたことがあるらしく、店の主人が宙兵隊員の顔を覚えていたらしい。

その店主によれば「あんたらの同族が、そこの角を曲がって行くのを見たよ。あっちは旧市街だから、香辛料扱ってる店なんかないよと教えてあげようとしたけども、すぐに見えなくなってしまった」のだという。

「大手柄です。香辛料を探し求めたことが、無駄になりませんでしたね」

と私が言うと、いかつい宙兵隊員は気恥ずかしそうにモゾモゾしていた。

聞き込みで判明した角を曲がり、人通りの多い路地を抜けて旧市街と呼ばれる地域へと入った。

色あせた背の低い倉庫らしき建物が軒を連ねており、どれも長い間放置されていたことが分かる。

だが、一軒一軒尋ねて回るには数が多すぎる。

何か手がかりが欲しいところだが……。

「セバスチャン、この区画で人が住んでいる建物が分かりますか？」

と私が問うと、セバスチャンは情報端末を操作して、地図の上に新しいレイヤーを表示した。

「色付けされているものが、人の住んでいる建物です」

色の付いた建物は、やはり通りに面した便利な場所が多い。潜伏するなら、人の目の少ない棄てられた区画であろう。

地図と実際の倉庫街を眺め、当たりをつけて歩き出す。

しばらく歩くと、さらに色あせた建物が並ぶ区画が現れた。

人が住んでいないとされた区画は、割れた窓から草が空に向かって伸びていた。人の生活から長く隔絶された廃墟は、ゴミすらその姿を消していく。

「誰もおりませんな」とセバスチャンが呟いた。

静かな区画だった。

潜伏するなら、ここだろうと思える。誰の目にも触れることはないはずだ。これだけ静かなら、人の会話や足音すら手がかりになるかもしれない。

懐から出したオペラグラスにイヤホンを繋ぎ、集音モードへと切り替えた。集音モードへと切り替えられたオペラグラスは指向性マイクと化した。

イヤホンから、様々な音がさざ波のように押し寄せた。

ほとんどが風の音や、さらに向こうの区画を走る自動車の音だ。だが、明らかに生活音ではないものが混ざっていた。

「……一定リズムの音が聞こえますね」

オペラグラスを音のするほうへと向けると、より鮮明に聞こえてきた。

セバスチャンも耳に手を当て、同じ方向へと向いた。

「この音は……」

セバスチャンも気づいたようだ。

――トントントン、ツーツーツー、トントントン。

実際は、鉄の板を何か硬い物で叩いたり引っかいたりしているような音だが、確実に同じフレーズを繰り返している。

「ＳＯＳですね」と私が言うと、セバスチャンも頷いた。

地球から遥かに離れたこの星で、モールス信号の「ＳＯＳ」を発信する者は誰であろう。

そんな人間は、一人しかいない。

○

由希奈は淡いオレンジ色の光の下で、ひたすら鉄のドアを石で叩いていた。

「……ひぃふぅ」

いいかげん腕が痺れてきた。指先の皮がむけそうだ。

それでも、やめるわけにはいかない。剣之介たちが何をやろうとしているのかを知っているのは、わたしだけなのだ。〈くろべ〉に危機が忍び寄っていることをなんとしても伝えなければ。

幸いにして壁から剥がした石は、典型的な花崗岩（かこうがん）だった。硬い石は鉄の扉に負けずに頑張ってくれている。もっとも、石が砕ける前に、わたしの筋肉が音を上げそうだけども。

三回叩いて、三回こする。また三回叩く。

パイロットの基礎知識として、モールス信号を教えてもらったことが役立った。モールス信号で会話ができるほど身についてはいないけど、簡単な合図ならなんとかなる。

ソフィか茂住さんが気づいてくれれば、伝わるはずだ。

一息ついてから、再び鉄の扉を叩こうとしたときだった。

複数の足音が扉の外から聞こえてきた。

一瞬、剣之介たちが戻ってきたのかとも思ったけど、二人の足音じゃなかった。もっと大勢の足音だ。

「由希奈、いますか！」

ソフィの声が聞こえてきた。

「ソフィ！　ここだよー！　ここ、ここ！」

勢いあまって、叫びながら石で鉄の扉を叩きまくってしまった。

すぐに扉の外で何人かの足音がしたと思ったら、硬い金属が外れる音がして、赤錆びた扉が勢いよく開けられた。

扉が開くと同時に、大きな手が私の首根っこを掴み、外へと引っ張り出した。入れ替わるように大きな影が二つ、部屋の中に転がり込んだ。

びっくりして廊下に尻もちをつくわたしに、ソフィが屈み込んだ。

「……無事ですね？」

わたしは声を出せず、首を縦に振り続けた。

「他には誰もいません。遺留物もなしです」と茂住さんが銃の安全装置をかけながら部屋から出てきた。宙兵隊員らしいゴツイ人が茂住さんの後ろに続いている。わたしと入れ違いで部屋に入った大きな影二つは、この二人だったのだ。

「剣之介はどこへ行ったのです」とソフィ。

わたしは深呼吸して、ようやく言葉を出した。

「……〈くろべ〉に行っちゃった。〈くろべ〉の反物質炉とエンジンを壊すんだって……」

「フラヴトから脱走した辺境矯正官と合流したのですね？」

ソフィはそこまで予想していたのだ。

「うん……」

「状況を艦長に報告。マーキス少佐には、宙兵隊の呼集を要請してください」

「ただちに」と茂住さんが応じた。

ソフィはちらりと自らの左手首にはまっている腕時計を見た。

「……剣之介たちはもう〈くろべ〉に入っているかもしれませんね」

「はい。宙兵隊にせよ、船のクルーにせよ、半舷上陸でクルーの半分が街に出ています。間に合わないでしょう」

ソフィは頷いて、わたしの肩に手を置いた。

「由希奈、歩けますか？」

「大丈夫。手がヒリヒリするだけだから」

とわたしが言うと、ソフィはポーチから銀色の重そうな塊を取り出して、わたしの手に握らせた。

ソフィの愛銃、P230SLだった。フランス時代から愛用しているコダワリの一品らしい。日本で支給された銃とは弾薬の種類が違うので、セバスチャンが自衛隊と交渉してわざわざ取り寄せていたとかなんとか。

「相手は、辺境矯正官です。ためらわず引き金を引いてください。たとえ相手が剣之介でも、です。いいですね？」

とソフィは念を押すように言ってきた。

ソフィの言いたいことは分かる。

わたしは無言で頷いた。

でも、自分の銃をわたしに渡してしまって、ソフィはどうするのだろう。

そう思っているわたしの目の前で、ソフィが茂住さんに手を伸ばした。

茂住さんは、さも当たり前のように懐から銀色の銃を取り出して、ソフィに手渡した。なんのことはない、予備は常に茂住さんが持っているのだ。

ソフィは手慣れた感じで、銃のスライドを二センチほど引いて、弾が入っていることを確認して立ち上がった。

「〈くろべ〉に戻ります！」

〇

一瞬の浮遊感。そして、音もなく宙を滑る感覚。

硬い金属音と共に床から強い振動が伝わってきた後、静寂が訪れた。

剣之介は暗い鉄の箱の中で息を吐いた。

「……ついたぞ」

俺の言葉に、傍らのヤマーニアが頷いた。

「確認しよう」

ヤマーニアが暗がりの中で立ち上がり、短刀を抜いた。

青白い輝きが闇を切り裂いた。淡い光に照らし出された鉄箱の中は、食料を詰めた麻袋がうず高く積まれている。

ほんの少しだけ壁に穴を開けたヤマーニアが、外を覗き見た。

「……こちら側は船の内壁のようだな。ここから出ても勘付かれることはあるまい」

「好都合だ」

と俺が言うと、ヤマーニアは短刀を振りかざし、壁を大きく切り裂いた。

船の白い内壁が、暗闇に慣れた目に痛い。

激しい火花が散ったものの、周りに積まれた鉄の箱のおかげで、人の目に触れることはなさそうだった。

ヤマーニアと共に箱から飛び降りた。

不意に船内放送が流れ始めた。その声はどこか切迫した雰囲気がある。

「……気付かれたか？」とヤマーニア。

船内放送の内容は、積み荷の調査を厳密にしつつ、兵に武装を促すものだった。

「いや……我々がこの船に潜り込むことを察知したようだな。あと少し遅ければ、荷を調べられていた」

「どうして勘付かれたのだ……？」

「由希奈と俺を追跡していた者がいたのかもしれん」

「急がねばならんな」

俺は頷きつつ、端末にエフィドルグ船の見取り図を表示させた。

「この船は我らがエフィドルグの船を改造したものだ。炉も機関も、ほぼ同じ位置にある。だが、通路はかなり狭く、甲板が何層にも分けられている。そこは気をつけろ」

ヤマーニアは自信ありげに頷いた。

「なに、人の動きなら手に取るように分かる」

「炉は警戒されているかもしれん。無理そうなら、機関の破壊だけにとどめ、脱出を図る。まずは俺は刀を取り戻す。自爆命令を入力した後は、実力で道を切り開かねばならぬだろうからな」

「その後、どうするのだ？」

「ハライを取り戻す」

ヤマーニアは頷いた。

「グロングルを取り戻すことができれば、いかようにでもなるな」

お互い視線をかわし、頷きあった。

「死ぬなよ」

と俺が言うと、ヤマーニアは俺の胸に拳を当てた。

「俺が死ぬときは、お前が死ぬ時だ」

「俺は死なぬぞ？」

「その意気だ」

と言って、ヤマーニアは笑った。

「参ろう！」

ヤマーニアは足音を立てず、足早に鉄の箱の間をすり抜けていった。

俺は、真正面から通路へと歩き出す。

堂々としておれば、怪しまれることはない。なぜだか知らぬが、この船の者は俺の顔を知っているようだった。

目指すは、ハウゼンの居室。あそこに俺の刀が保管されていたはずだ。

○

由希奈はソフィらと共に〈くろべ〉の舷側ゲートから垂らされたタラップを駆け上がり、船内へと転がり込んだ。

フラヴトが手配してくれた高速艇で〈くろべ〉に戻ってこれたのはいいけど、かなり状況は悪い。

案の定、剣之介たちはすでに船に入っていることが分かった。積み荷を点検していたクルーが、内側から綺麗に壁をくり抜かれたコンテナを見つけたのだ。

船に残っていた宙兵隊は反物質炉を守るべく、フル装備で展開している。相手は辺境矯正官だ。生半可なことをしていたのでは、こちらが殺される。一応、頭を撃つことだけは禁止されているが、乱戦になってしまったらどうなるか分からない。最悪の場合、剣之介が死んでしまう。

それでも、わたしは宙兵隊を信じるしかない。

ソフィが一緒に戻ってきた宙兵隊員に何かを言っていた。

「あなたがた宙兵隊は、反物質炉の警備に回ってください。詳しい配置はマーキス少佐に確認してください」

「ノエル少佐たちは、どうされるのですか？」と宙兵隊員。

聞き慣れない呼び方に、わたしは戸惑った。

そういえば、ソフィは少佐で、ノエルさんだった。

「私たちは、推進機関の制御室に向かいます」

「……少なくはありませんか？」と宙兵隊員がわたしたちを見て言った。

彼らの言いたいことは分かる。

宙兵隊と別れてしまえば、わたしとソフィ、茂住さんの三人しかいなくなる。

茂住さんは〈くろべ〉最強の人間の一人ではあるけども、あのヤマーニアという辺境矯正官を相手にするには、かなり不安がある。相手は人間ではないのだ。

「ただでさえ人が足りていませんから、優先順位をつけざるをえません。反物質炉が一つでも爆発すれば、甚大な損傷と人的被害が出るでしょう。推進機関だけなら、人死には出ません。修理に時間はかかるかもしれませんが、船が沈むことはないのです」

ソフィの説明に納得するしかない宙兵隊の人たちは、戸惑いつつも敬礼をして走っていった。

「行きましょう」と言ってソフィが歩き出した。

ソフィの斜め後方を歩く茂住さんが言った。

「艦長から、メンテナンス用ロボットを護衛としてつけてくれると連絡がありました」

「ロボット？」とソフィが首を傾げる。

「はい。現在、リディさんのコントロールで、メンテナンス用ロボットが各所の巡回を行っています。その内の二機をこちらに回してくれるそうです」

「なるほど。うまくフォローしてくれましたね」

わたしもちょっと感心した。

人が足らない穴を、ロボットを使って埋めようというのだ。メンテナンス用ロボットとはいえ、中身はカクタスと同じだ。武器こそ持ってはいないけども、簡単にはやられないだろう。

そもそも、〈くろべ〉の船内はあまり監視カメラがない。プライバシーがどうこう以前に予算の都合だ。パブリックな空間や各種制御室、反物質炉などの重要区画にはモニター用のカメラはあるけども、通路にカメラは据えられていない。

重力推進機関の制御室に向かっていると、通路の先から黄色いロボット二機がのしのしと歩いてきた。

艦長が回してくれた二機というのは、この子たちだろう。

「ごきげんよう」

黄色いロボットが面妖な挨拶をした。

「このような低い視点で歩くのは初めてです。とても新鮮です」

低い視点、という言葉でピンときた。

「もしかして、マナ……？」

とわたしが問うと、黄色いロボットは頷いた。

「そうです。リディさんから、アクセス権をもらって、リモートしています」

言われてみれば、ロボットから出る声はマナに似てるような気がする。わざわざ音声波形を調整したのだろう。無理にそこまでしなくとも、と思わなくもないけど、それがマナの個性なのだ。

「由希奈たちの護衛というお仕事ですので、私に任されたようです」

なるほど。ただのロボットに、人の護衛なんていう高度なお仕事はできないから、マナに動かしてもらっているのだろう。

マナなら、安心して任せられる。

「そっかー、よろしくね、マナ」

「はい、お任せください。ですが、無線回線を通じたリモートですので反応に遅延が出ると思います。ご留意ください」

と言ってうやうやしく礼をした二機の黄色いロボットは、回れ右をしてわたしたちを先導し始めた。

○

剣之介はにわかにざわつき始めた〈くろべ〉の船内を、視線をすえて堂々と歩いていた。
ときおりすれ違った非戦闘員らしき何人かは首を傾げていたが、当たり前のように闊歩する姿を見て、特に声をかけるでもなく通り過ぎていった。事情を知る兵に出会わなかったのも幸いした。

見慣れた通路に差し掛かった。この先にハウゼンの居室があるはずだ。

そのとき、懐に忍ばせた菱形の端末から、ヤマーニアの声が聞こえてきた。

「剣之介、敵の警備が厳重だ。炉を破壊するのは難しいかもしれぬ」

船内で大きな騒ぎが起きた様子はないことから、ヤマーニアは誰の目にも触れることなく炉に近づけたのだろう。さすがの能力であると思えるが、自爆命令を入力するためには、炉の制御盤にとりつかねばならない。隠れたままで、すべてをやりおおすことはできないのだ。そして、ヤマーニアが「不可」と判断したということは、かなりの兵が配されているのだろう。

「分かった。機関の破壊のみに切り替えよう」

「了解だ。俺は先行して情報を集めておこう」とヤマーニアが応じた。

「無理をするなよ、ヤマーニア。俺の合流を待ってからでも遅くはない。この船は兵が少ないのだ。焦らなければ勝てる」

俺の言葉にヤマーニアは笑ったようだった。

「それは良いことを聞いた」

そこで通信は切れた。ヤマーニアが次の行動に移ったのだろう。

しばらく歩いたところで、目的のハウゼンの居室が見えた。

「御免！」

と言って、戸をくぐると、俺を見たハウゼンは、不思議そうに首を捻った。

「青馬くん、ですか……？　どうされたのです？」

ハウゼンはそう言いながら立ち上がり、戸棚の引き戸を開けた。

「俺の刀を返していただきたい」

「なるほど……奥の一番大きなロッカーに入っていますよ」

ハウゼンは何の抵抗も示すことなく、すんなりと刀の場所を教えてくれた。

言われた通り、部屋の奥にあるロッカーを開けると、そこには俺の愛刀が収められていた。

刀を取り、ロッカーの戸を閉めると同時に体を横にずらす。

背後で空気が爆ぜる音が鳴り、さっきまで俺の体があった場所を太い針のようなものが通り過ぎ、ロッカーの戸に突き立った。戸に突き立った針の後端には赤い風船がついていた。

俺は振り向きざま、抜刀してハウゼンに切っ先を向ける。

「ハウゼン殿、そう何度も同じ手は食わぬ」

ハウゼンは俺に銃のようなものを向けたまま、意外そうな顔をしていた。

見たことのある麻酔銃だった。

「……いつ撃たれたか覚えているのですか？」

「覚えておるとも。俺が故郷を飛び出す前に、その麻酔銃で俺を撃ったであろう」

ハウゼンは目を細めた。

「そのとき、一緒にいた人が誰か、覚えていますか？」

「……？　由希奈と……いや、由希奈だけだ」

なぜだか分からぬが、もう一人いたような気がする。

惑わされるな。蛮族の揺さぶりだ。

俺は首を横に振った。

「ハウゼン殿、俺はこの船の機関を破壊する。この船を降りられよ。悪いことは言わん。ソフィたちと共に、この船を離れてくれ」

「それは困りましたねえ……」

信じたとは思えなかったが、俺は言うべきことを言った。

何を思ったのか、ハウゼンは戸棚から注射器を取り出し、逆手に握った。親指は注射器の後端に添えられている。

まさかとは思うが、それで俺を刺すつもりなのだろうか。

「やめられよ、ハウゼン殿。いかな蛮族に調整されているとはいえ、恩のある人を斬りたくはない。医者に後れを取るほど、俺は鈍ってはおらぬ」

「どうでしょうねえ？　青馬くんは、私の身体能力を過小評価しているかもしれませんよ？」

言うが早いか、ハウゼンは驚くべき速さで俺に踊りかかってきた。その瞬発力は、辺境矯正官もかくやというほどのものだった。

俺はハウゼンが振りかざした注射針を避けるのが精一杯だった。

「な!?」

仮に襲い掛かってきたとしても注射器を両断してやろう、と目論んでいた俺の予想を遥かに超えた一撃だった。

動揺した俺の隙を逃さぬとでも思ったのか、ハウゼンはさらに踏み込み、注射針を突き出してきた。

今度の踏み込みも素早く力強いものだった。

まさかハウゼンを袈裟斬りにするわけにもいかぬ。

慌てて後退って距離を取り、ハウゼンに切っ先を向ける。

「……ハウゼン殿。これ以上は、命の遣り取りになるぞ」

構えもへったくれもないハウゼンが、恐ろしい相手に見えてきた。

「私としても、青馬くんに好きに行動されると船がただではすまないので、大人しくしてほしいのですがねえ」

ハウゼンが微かに踵を浮かせた。仕掛けてくるつもりだろうか。よく見れば、ハウゼンの膝が破けている。その隙間から、肌色ではない金属質な色が見えた。

そういえば、ハウゼンは黒部研究所にいた頃は、杖をついていなかったか。それに、怪しげな金具を脚につけていたはずだ。

「ハウゼン殿、脚はどうされたのだ……?」

ハウゼンが微かな笑みを浮かべた。

「おや、気づきましたか。さすがですね。元々脚が悪かったのですがね、エフィドルグのおかげで色々と捗りまして。今はこうして常人を遥かに超える脚力を手に入れたわけなんですよ」

自らの作品を自慢する子供のような目をしてハウゼンは言った。

俺は間髪入れず踏み込み、刀を一振りした。

「あ……」

隙を突かれたハウゼンは、振り向こうとして膝から崩れ落ちた。左脚の膝から下は床の上に立ったままだった。

所詮は身体能力が上がっただけの人間だ。呼吸を外した攻撃への対処などできようはずもない。

俺は刀を鞘に納めつつ、ハウゼンに背を向けた。

「作り物なら、すぐに換えられましょう。人を呼び、そのまま船を降りられよ」

そう言って俺は、ハウゼンの部屋を飛び出した。

すぐに警報が鳴り響くだろう。

ヤマーニアとの合流を急がなければ。

○

目の前を二機の黄色いロボットが、まったく同じ歩調で、ガシャガシャと歩いている。

由希奈たちはマナが操るロボットを先頭に、重力推進機関の制御室へと急いでいた。

剣之介とヤマーニアはすでに〈くろべ〉に入って活動している。反物質炉か、エンジンを壊すつもりなのだ。どっちらを壊されても、〈くろべ〉は宇宙に出られなくなる。

もし、船が壊されてしまったら、フラウトで剣之介と二人でカレー屋をやるのも悪くないかもしれない。じっくりとカレーを煮込むように、長い時間をかけて剣之介の思い出を取り戻すのだ。

慌てて首を横に振る。

いけない、いけない。剣之介が〈くろべ〉を壊すという信じたくない現実から逃避しようとして、自分勝手な妄想をしてしまった。エンジンはともかく、反物質炉を吹っ飛ばされてしまったら、少なからず人死にが出るのだ。そんな未来は欲しくない。

黄色いロボットがドアをくぐり、部屋の中央で足を止めた。

「ここが重力推進機関の制御ルームです」

初めて来た場所だった。〈くろべ〉の部屋にしては、ずいぶんと天井が高い。エフィドルグ船の面影が色濃く残っている。

「反物質炉を護る宙兵隊からは、何も報告はありませんか?」とソフィ。

「はい。どの反物質炉か……」

と言いかけた黄色いロボットの頭部が、ポロリと落ちた。

「……え?」

呆気にとられるわたしの横で、いきなりソフィが銃を抜いて二発連続で撃った。

放たれた弾丸は、倒れる途中のロボットに当たり、激しい火花を散らせた。と同時に、ロボットの背後から影が飛び出し、もう一機のロボットへと向かって行った。その影は、赤と黒の頭髪をしていた。辺境矯正官のヤマーニアだ。

「辺境矯正官です! 下がってください!」とロボットがマナの声で叫んだ。

ワンテンポ遅れて、もう一機のロボットは向かってくるヤマーニアに向かって太い腕を振り下ろした。二mを超える鉄の巨人から放たれた一撃は、普通の人間ならミンチにしかねないほどの威力を秘めている。だが、相手は辺境矯正官。反応の鈍いリモートのロボットなんかに後れを取る甘さはなかった。

振り下ろされた鉄の腕をするりと避けたヤマーニアはロボットの足元に滑り込み、青白い光をきらめかせて膝から下を切断した。

ここに至ってようやくわたしは理解した。辺境矯正官のヤマーニアは、わたしたちよりも先に部屋に入っていたのだ。

ソフィと茂住さんは、銃をガンガン撃っている。

だが、どれもヤマーニアを捉えることはできず、ロボットや床に当たって火花を散らしていた。膝から下を切断されたロボットは、さらに分割されて四肢が床に転がっていた。

わたしも慌てて銃を抜いてはみたものの、安全装置を外すのに思いのほか手間取った。

「お嬢様！」

茂住さんが叫んだ。

見ると、ヤマーニアが切断したロボットの腕をソフィに向かって投げつけていた。

鉄の塊であるロボットの腕を、軽々と持ち上げて投げたのだ。どう見ても十キロは下らないものだ。やっぱり、辺境矯正官は人間じゃない。

唸りを上げて飛んでくる鉄の塊がソフィに命中する直前、茂住さんがソフィの前に飛び込んだ。

嫌な音がして、ロボットの腕が茂住さんの体にめり込んでいた。衝撃で茂住さんの持っていた銃が弾け飛んだ。

痛みに呻く茂住さんの懐に、あっという間にヤマーニアが滑り込んだ。青白い光を放つナイフを、柔らかそうに見えて実は分厚い腹筋に覆われているお腹に突き出した。どれほど鍛えられた腹筋であろうとも、超振動ナイフにとってみれば紙に等しい。

「お、じょう……さま……」

そう呟いた茂住さんは、最後の力を振り絞ってヤマーニアに掴みかかろうと手を伸ばしたが、その手はヤマーニアに届く前に力を失い、吸い込まれるように冷たい床の上に落ちてしまった。茂住さんの体から、赤い血の染みが床に広がっていく。

茂住さんの影から血に濡れたナイフを持ったヤマーニアが姿を現した。

間髪入れず、ソフィがヤマーニアの頭に向かって至近距離から二発撃った。

目に見えない速さで体を横にずらしたヤマーニアだったが、一発が頭部をかすった。硬い音がして、黒く輝く髪が砕け散った。

ヤマーニアは大きくバランスを崩したものの、動きを止めずソフィに肉薄した。

頭に命中してなお迫りくるヤマーニアに、ソフィは驚きつつも銃の柄で殴りかかった。

軽く体を捻ってソフィの殴打を避けたヤマーニアは、強烈な回し蹴りをソフィに放った。

人間離れした威力の蹴りをもろに喰らったソフィは吹っ飛ばされ、頭を激しく壁に打ちつけて床に転がった。ソフィの頭から血が吹き出し、綺麗な金髪と床を赤く染めていた。ソフィの細くて長い指が、冷たい床の上に投げ出され、ピクリとも動かなくなった。

わたしは前触れなく訪れた血の惨劇に慄(おのの)き、竦(すく)み上がってしまった。

ヤマーニアと目が合った。

頭から血を流しながらも、ニヤリと笑ったヤマーニアは、青白く光るナイフを握りなおした。

——殺される。

わたしはそう直感した。

人に向かって銃を撃つのは初めてだったけども、思いのほか引き金は軽かった。自らの生命の危機が、そうさせたのだろうか。

ソフィに借りた銃は、黒部の研究所で訓練したときのものより反動がきつかった。

あっという間に八発の弾丸が、壁に吸い込まれた。

そう、一発も当たらなかったのだ。

目の前にヤマーニアの顔が迫った。と思った瞬間、目から火花が散った。

気がついたときには、床が九十度傾いて、目の前にあった。

殴られて倒れたのだ、と気づいた。頬を温かい液体が伝っていた。

鼻血が出ていた。殴られて鼻血を出すとか、生まれて初めての経験だなあ、と呑気に思ってしまった。

痛みに呻きながらもなんとか体を起こしたわたしの目の前にヤマーニアがやってきた。その顔には、静かな怒りが満ちていた。

「何をのこのこ今更出てきたのだ、お前は？　俺たちがどれほど共に死線を潜ってきたのか、知っているか。俺と剣之介は、共に生き抜いてきたという固い絆で結ばれているのだ。剣之介の相棒は、俺だけでいいんだ」

ヤマーニアはわたしに憎悪の視線を向けてきた。

その想いは純粋なものに感じられたけども、やはり純粋に歪んでいる。

「……そんなの、あなたが決めることじゃないし。うぐっ！」

腹を蹴られた。これも生まれて初めての経験だ。今日は人生初が多いなあと他人事のように思ってしまう。

ヤマーニアが歪んだ笑みを浮かべた。

「そのうるさい口を切り取ってやろうか？　それとも、声を出せないように喉を掻き切ってやろうか？」

「どっちも、お断りだから……」

「そうか……なら、ただの屍になるがいい！」

ヤマーニアがナイフを振り上げた。

わたし、ここで死んじゃうんだ。嫌だなあ。せっかく剣之介に会えたのに。剣之介を残して死ぬのは辛いなあ。歳を取って、旦那より先に死ぬときって、こんな気分なのかな。でも、剣之介が先に死んじゃうのも、後が辛いなあ。

わたしに死を告げる青白い光が、振り下ろされた。

甲高い金属音と共に、激しい火花が散った。

「ヤマーニア、血迷ったか⁉」

ヤマーニアのナイフを剣之介の刀が受け止めていた。

驚いたのはわたしだけではなかったようだ。ヤマーニアも驚いて後方に飛び退った。

剣之介は刀の切っ先をヤマーニアに向けたまま、わたしとヤマーニアの間に立った。

その広く逞しい背中は、この上なく頼もしいものに見えた。

「何故、俺を待たなかった？」と剣之介。

ヤマーニアは悪びれず答えた。

「なに、手薄な警備を排除しようとしただけだ」

剣之介は血溜まりに沈む茂住さんとソフィを見て、苦々しい表情で首を横に振った。

「だからといって、由希奈を殺すことはなかろう。この女が俺の許嫁であると知っておろうに」

途端、ヤマーニアの表情は、憤怒のものへと変わった。

「お前は、騙されておるのだ！　この女はお前の許嫁などではない。作り物だ！　蛮族の手口を忘れたのか。奴らは人のまがい物を作って使役するではないか！」

「傀儡であるという証がどこにある？」

ヤマーニアはヒステリックに叫んだ。

「目を覚ませ剣之介！　どうして狙いすましたかのように、お前の許嫁がここに現れるのだ。おかしいとは思わないのか？　お前は許嫁の姿に目がくらんでいるだけなのだ！」

そう叫んだヤマーニアは、剣之介に斬りかかると見せて、回り込んでわたしにナイフを突き立てようとした。

「ならん！」

剣之介はヤマーニアの動きを読み切っていたようで、ヤマーニアの手首を掴んでいた。

「何故邪魔をするのだ。その作り物の女を殺し、機関を破壊して逃げ切れば、我々の勝ちであろう！」

「たとえ作り物であったとしても、俺に由希奈を殺すことなどできぬ！」

ヤマーニアは信じられぬ言葉を聞いたかのように驚き、雄叫びをあげて頭をかきむしり、剣之介にナイフを向けた。

「……ありえん！　ありえんぞ、剣之介！　そのような軟弱な考えは修正してやる！」

ヤマーニアの空気が変わった。

剣之介はヤマーニアの斬撃が本気のものであると感じたのだろう。表情が厳しいものへと変わった。

青白い光がきらめいては、激しい火花が散る。

制御ルームは、超振動ブレードの青い光と、迸る火花のオレンジ色の光がせめぎ合っていた。

「お前の腱を切り、骨を折り、血を抜いて持ち帰ろう。そうして、調整装置に入れるのだ。お前から、その女の呪いを解いてやろうぞ」

そう言いながらナイフを振るうヤマーニアの表情は狂気に歪んでいた。

ヤマーニアの突きを受け流しながら、剣之介はヤマーニアの脇腹を蹴った。剣之介も本気で戦ってはいるが、ヤマーニアを斬る気はないのだろう。

「乱心したか、ヤマーニア⁉」

床に転がったヤマーニアは笑みを浮かべて、ゆらりと立ち上がった。

「俺はとっくに狂ってるのさ、剣之介。お前と出会ってしまったからだ」

剣之介は顔をしかめた。

理解が及ばぬのだろう。剣之介の目には、ヤマーニアの純粋な想いは戦友に向けるものとして映っているのだから。

突然、部屋の両側のドアが開かれ、ドワーフを先頭に宙兵隊の一団がなだれ込んできた。

「間に合いました！　リディさんを通じて、宙兵隊の皆さんにお知らせしたのです」

と、手足をもがれて達磨さん状態になっていたロボットが言った。マナがここの惨状をいち早く宙兵隊に知らせてくれたのだ。

腕に赤い十字の腕章をした宙兵隊員が、茂住さんを抱えて大急ぎで部屋を出ていった。間に合ってくれたらいいのだけど。

剣之介が取り囲んだ宙兵隊を一瞥し、ヤマーニアに向いて言った。

「……これまでのようだ、ヤマーニア。ここで死んでしまっては、意味がない。降伏して、時を待つのだ」

ヤマーニアが叫び声をあげた。

その声はどこか悲し気で、狂気をはらんだものだった。

「いやだ、いやだいやだいやだ！　お前が手に入らぬ未来などいらぬ！」

ヤマーニアは体ごと剣之介にぶつかった。

「やめろ、ヤマーニア！」

戦友を斬れない剣之介は、ヤマーニアのタックルを食らってバランスを崩した。

「こやつだけでも、道連れにしてくれる！」

剣之介を押し退けたヤマーニアはわたしに向けてナイフを振り上げた。

事情を知らぬ宙兵隊は、戸惑うばかりだった。彼らの位置からだと、たぶん撃てない。射線上にわたしとソフィがいるのだ。

ヤマーニアの顔に歪んだ笑みが張り付いていた。

突然、ヤマーニアの胸から青白い刃が飛び出した。

動きを止めたヤマーニアは、自らの胸から突き出た青白い刃を不思議そうに見つめ、次いで後ろを振り向いた。

剣之介がヤマーニアの背から刀を突き立てたのだ。

ヤマーニアは信じられぬといった顔で剣之介を見つめ、首を傾げた。

「剣之介……なぜだ……？」

剣之介は、驚愕の表情でガタガタと震えて動きを止めていた。

ヤマーニアの目に絶望の色が満ちた。

「……お前だけは……お前だけでも……」

口から血を吹き出しながらも、ヤマーニアはナイフの刃を頭上に掲げた。

ナイフを投げるつもりだ。すさまじい執念と憎悪だ。これほどの憎悪を向けられたことは、未だかつてない。

わたしは蛇に睨まれた蛙のように、身動きがとれなかった。

銃声が鳴った。

ヤマーニアの額の角が折れ飛び、赤い霧が宙に舞った。

驚いて振り向くと、顔の半分を血で染めたソフィが憤怒の表情で銃をヤマーニアに向けていた。その銃口からは、煙が立ち昇っている。

糸の切れた人形のように、ヤマーニアが床に転がった。

刀から手を離した剣之介は、ガタガタと震えたまま、彫像のようにつっ立っていた。剣之介は何か別のものを見ているようだった。

「俺は……俺は、昔、由希奈を救った……エフィドルグの纏い手と戦い、そなたを救った。俺は……エフィドルグの者を殺したのだ。何だ、これは？　俺に、何があった……」

誰もが動きを止めていた。

わたしは立ち上がり、剣之介を後ろから抱きしめた。あのとき、人質となったわたしを救ってくれたときと同じように。

背にわたしの体温を感じた剣之介は、さらに身を震わせた。

○

〈くろべ〉を襲った災厄から二日が経っていた。

由希奈はソフィと連れ立って座敷牢を訪れた。

頭から血を流したソフィを見たときは肝を冷やしたけれども、傷自体は深いものではなかった。頭皮が大きく裂けて、大量の血が出ただけだったのだ。きめ細かな検査をした結果も良好だった。後遺症の心配はないそうだ。傷も髪に隠されて目立つことはない。丸坊主にすれば見えるだろうけども、ソフィが丸坊主にすることなど未来永劫訪れないだろう。

ただ、茂住さんは危なかった。

大事な血管が損傷していたのだ。あと一分処置が遅れていたら、助からなかったと言われている。宙兵隊の衛生兵がいい仕事をしたとソフィが褒めていた。今は集中治療室のベッドでたくさんの管に繋がれて眠っている。ハウゼンあたりは死んだ人を生き返らせるチャンスと見ていたようだけども、ハウゼンが活躍する状況は運良く訪れなかった。

剣之介は座敷牢の壁に背を預け、ぼんやりと宙を見つめていた。

ヤマーニアを自らの手で刺し貫いたあのときから、剣之介は塞ぎがちだった。

鉄格子の下に開いたスリットの奥に、食事のトレーが置かれたままだった。まったく手を付けていなかった。

「ダメだよ、ちゃんと食べないと。元気出ないんだからね？」

とわたしが言うと、剣之介は緩慢に顔を動かしてわたしを見た。

「……由希奈か」

声に元気がない。こんな剣之介は初めて見た。

「思い出した記憶に、自分なりの解釈をつけられないのですね？」とソフィ。

ソフィの言葉に、剣之介はピクリと体を揺らした。

ヤマーニアを刺し貫いた剣之介はガタガタと身を震わせていたことを、ソフィも見ていたのだ。当然、ソフィも黒部研究所でわたしがフスナーニの人質となった事件の顛末を知っている。

「わたしがフスナーニに捕まって、クロムクロ取られそうになったこと、覚えてない？」

とわたしが言うと、剣之介は眉間に縦皺を刻んだ。

「……何だそれは」

「エフィドルグの辺境矯正官が降伏して、黒部研究所で尋問されてて……」

「辺境矯正官？　尋問……？　蛮族の纏い手を捕らえたのか……？　いや、そんなはずはない。グロングルもろとも叩き斬ったはずだ。生きてはおるまい」

と剣之介は首を横に振りながら、自らの記憶との齟齬を振り払おうとしていた。

「やっぱり、消されてるんだ……」

予想通りではあったけど、消され方がちょっと変だと思った。

文化祭に現れたムエッタは、仮面の蛮族として登場しているのだ。存在そのものがなくなっているわけではない。なのに、フスナーニのことは、存在すら消されている。

「でも、なんでだろ？」

とわたしが呟くと、ソフィも同じように考えていたようだった。

「フスナーニの存在そのものが消されている理由は、剣之介との過去の因縁にあると思います」

ソフィは「あくまで私の考察ですが」と前置きして語り始めた。

曰く、剣之介はフスナーニの顔を覚えていた。フスナーニは、剣之介のかつての同僚である斎藤定九郎のクローンだった。そして、斎藤定九郎は戦国時代の人だ。蛮族の傀儡であると言うには無理がある。遥か過去の人間なのだから、説明がつかない。

そして、フスナーニは剣之介との剣戟の末に敗北して、自ら命を絶った。

エフィドルグの調整マシンは、フスナーニの存在を残したまま、合理的に解釈できるストーリーを考え付かなかったのだ。だから、存在そのものを消し去った。

「剣之介、あなたは由希奈を救うために、エフィドルグの辺境矯正官を倒したのです。そして、今回の事件であなたは同じことをした。だからこそ、封じられていた記憶が蘇ったのです」

ソフィの言葉に、剣之介は顔をしかめたまま、何も言葉を発することはなかった。

「それともう一つ。由希奈も剣之介も気づいていないでしょうが、ヤマーニアは日本語をしゃべっていたのですよ」

ソフィの言葉で、剣之介もわたしもハッとした。

言われてみれば、そうだった。ヤマーニアは剣之介と普通に日本語で話をしていた。当たり前すぎて、気が付かなかった。ソフィや茂住さん、剣之介、上泉艦長。ハウゼンもそうだ。わたしの周りには日本語を当たり前に話す人が多すぎるが故に、気づけなかった。それ以外の人と話すときは、英語なのに。

「それに、フラヴトもエフィドルグも、宇宙に暮らす人は、共通語を話しています。かつて剣之介がフラヴトに名乗りをあげたときも共通語でした。なのに、ヤマーニアと会話をするときは日本語なのです。剣之介、あなたはヤマーニアに日本語を教えたのですか？」

そう問われた剣之介は顔をしかめたまま、首を横に振った。

「でしょうね……あなたから聞き出せた情報と、様々な状況を統合して推測してみました。今回戦ったエフィドルグの小艦隊は、剣之介を中心に編成された部隊であると私は考えています」

ソフィの言葉に、剣之介は驚いていた。

わたしも少し意外に感じていた。

「でも、剣之介って、辺境矯正官だったよね……？」

ソフィは頷いて、

「剣之介のパフォーマンスを最大限引き出すには、辺境矯正官のほうが都合がいいのです。辺境管理官では、グロングルに乗り最前線で戦うわけにはいきません」

言われてみればその通りかもしれない。かつて黒部研究所で戦った辺境管理官も、辺境矯正官がほぼ全滅するまで出てこなかったぐらいだ。エフィドルグ内での決まりのようなものがあるのかもしれない。

「それに、辺境矯正官は基本的にクローンであり、ゼロ歳児です。辺境管理官も一世代前の辺境矯正官から選ばれるようですが、やはり経験値は低い。対して、調整をされた剣之介は、二〇〇年もの実戦経験を持った古強者（ふるつわもの）です。エフィドルグにしてみれば、剣之介を有効活用しない手はない」

「だが、俺は……常に隊長の指示で……」

と剣之介が困惑気味に答えた。

「あなたの進言が退けられたことが、ありましたか？」

そうソフィに言われた剣之介は、黙り込んでしまった。

「そういえば、剣之介って、最先任って言ってたよね」

要するに、辺境矯正官の中では最も古株という意味だ。

そう言われた剣之介は、ますます困惑した表情を浮かべた。

ソフィはいつもより声を一オクターブ下げ、

「いよいよもって、私の推測が現実味を増してきましたね」と言って目を細め、剣之介に薄い笑みを向けていた。

これはアレだ、「悪いソフィ」だ。わたしの中で分類しているソフィの側面の一つだ。相手を追い込むときに顔を出す、クレバーにして冷酷、獲物を追い詰める狩人スタイルだ。茂住さんのことで、怒りが渦巻いているのだろう。ヤマーニアはとっくに撃ち殺したので、次は剣之介というわけなのだろうか。ちょっと怖い。

「エフィドルグは、あなたの進言を無条件に聞き入れる辺境管理官を設定し、あなたを最先任の辺境矯正官として、他の辺境矯正官を配置したのです。そして、意思疎通を円滑にするために、全員に日本語の刷り込みをした」

わたしはすっかりソフィの言葉に納得してしまった。

実は状況証拠でしかないのだけど、こう冷静に決めつけられて言われると、得も言われぬ説得力が出てくるのだから不思議なものだ。

剣之介も同じように感じたのだろう。何か言い返そうと顔を上げては何も言えず、俯いてしまうということを何度か繰り返した。

ようやく口を開いた剣之介から出た言葉は、「……すまぬ、今は一人にしてくれぬか」だった。

わたしとソフィは頷いて、座敷牢をあとにした。

廊下を歩きながら、わたしはソフィにお礼を言った。

「ありがと、ソフィ。だいぶ剣之介がぐらついてたよ。もう一押しかなあ」

「何のことです？　私はセバスチャンの借りを少し返そうとしただけですよ」

とソフィは澄ました顔で物騒なことを言った。

そうだった。この子は、お礼を素直に受け取らない子だった。

お礼と言えば、ユ士族の族長であるエヌヌから、呼ばれているのだった。お礼ではなく、お詫びと言っていたから、ヤマーニアのことも含めて、何かわたしに用があるのだろう。

○

由希奈は上泉艦長と共に、ユ士族族長であるエヌヌの邸宅を訪れていた。

実際のところ、艦長は呼ばれてはいない。とはいえ、国家元首に等しい族長を訪問するのに、わたし一人を送り込むのもどうなのよ、というのが一つ。もう一つは、話が外交的な分野に踏み込んでしまうと、艦長の判断が必要になる。だったら、最初からいたほうがいい、という理由で艦長も同席することになった。もちろん、この判断は上泉艦長によるものだ。

相変わらず、エヌヌの屋敷はだだっ広かった。

サッカー場のようにだだっ広い前庭の真ん中で、小さな子供がキノコと追いかけっこをしていた。どこかで見たことのある子供だと思った。

「……族長の孫娘だな」と艦長が呟いた。

そうだ、キナナだ。わたしと同じ名前だったばっかりに酷い目にあわされた可哀想な子だ。

キナナは笑いながら逃げるキノコを追いかけていた。追いついては、キノコをちぎっては投げていた。キノコはちぎられすぎて、傘の部分がかなり欠けていた。案外、ワンパクだった。

エヌヌの孫だもんね、と考えると妙な納得感があった。

通された部屋は、以前訪れた際に通された体育館のような応接室だった。

大きなソファにちんまりと座ったエヌヌは、艦長の同伴に意外な顔をした。

「あら、艦長もいらしたのですか？」

「はい。女性一人を出歩かせるというのも憚(はばか)られたので、エスコート役を買って出ました」

エヌヌは上品に笑って、

「素敵な艦長さんですこと。でも、安心なさって、今日は難しい話をするつもりはありませんから」

と言って立ち上がり、両手首を合わせてこちらへと突き出した。

「今回は我々の不手際で、あなたがたにとても迷惑をかけてしまいました。本当にごめんなさい」

ちょっとびっくりした。

族長であるエヌヌが、辺境矯正官が脱走したことに対して謝罪しているのだ。

「とんでもありません。こちらも認識が甘かったのです。青馬剣之介を半ば自由にさせてしまったことが、今回の事件の原因でもあるのです。こちらこそ、謝罪すべき立場なのです」と艦長。

「では、双方が非を認め、今後は一切の遺恨を残さず、より一層の協力関係を築くことを約束した、ということでよろしいですね？」

と言ってエヌヌは微笑を浮かべた。

艦長は頷いて、

「はい。〈くろべ〉とフラヴトは、今後も友好関係を継続できると確信しております」

「本来なら、宇宙軍の司令官が頭を下げるべきところなんですけどね。あの子は、ウキウキと遠い星に戦利品を引っ張って行ってしまいましたから。本当に男はしょうがない生き物です」

と言ってエヌヌはころころと笑った。その笑顔は族長というより母親の顔だった。

あの子とは、宇宙軍司令官のゾゾンのことだろう。ゾゾンは二番艦の修理と、拿捕したエフィドルグ船を解体するために、第三惑星に向かったのだ。そういえば、ゾゾンの乗った一番艦は、もうすぐ第二惑星に戻ってくると言っていたか。

エヌヌの笑い声を合図としたかのように、部屋の側面の扉が開き、一人の女性が入ってきた。

宇宙軍の制服を着たフラヴトの女性だ。というか、以前宇宙軍にわたしを案内してくれたリララだった。リララは緊張しているのだろう。丸っこい体形がカチカチになっているのが分かる。微妙にぷるぷる震えているような気もする。

「今後の協力体制と、連絡の迅速性を担保するために、連絡将校を〈くろべ〉に置きたいのですけども、いかがかしら？」

艦長は頷いて、

「なるほど……駐在武官というわけですな」

「そうですね。外交官と思っていただいてかまいません」

「結構です。こちらとしても、フラヴト宇宙軍とのホットラインが確保できるというのであれば、大いに助かります。なにより、我が艦は慢性的な人手不足ですので」

と言って、艦長は苦笑いを浮かべた。

とっても政治的なお話になってるし。

艦長が一緒に来てくれてよかった。というか、艦長がいるからエヌヌはこの場で話をつけることにしたのだろう。どのみち、エヌヌの描いた絵の通りに事態は推移したと思うけども。

「よかった。それじゃあ、ちょっと難しいお話はこれで、おしまい」

とエヌヌが言うと、再び扉が開き、大きな木箱を乗せた台車が二台入ってきた。

場違いな木箱は、一辺が二mはありそうな大きなものだった。

「由希奈、あなたにお願いされた香辛料を見つけてきたのだけど、確認してもらえるかしら？一応、あなたにもらったサンプルに最も近いとされている物なのだけど、なにぶん食べ物でしょう。風味が違っていたら料理の味も変わってしまいますからね」

わたしを呼んだ理由は、これだったのだ。

確かに、クミンとコリアンダーによく似た香辛料を探しているとは言ったけども、これはちょっと多すぎやしないか。明らかに、他の香辛料とバランスが取れない。

わたしは立ち上がって、木箱に近づいた。

すると、台車を押してきたフラヴトの女性が、小さな袋を手渡してくれた。

見ると中に褐色の粉が入っていた。

なるほど、木箱の中身はこの粉というわけなのだ。これを嗅いで、風味を確かめろということらしい。

わたしは小袋を鼻にあて、くんくんと匂いを嗅いでみた。というか、吸い込みすぎて、粉が鼻に入ってしまった。

激しく咽せた私を見て、エヌヌは愉快そうに笑い、傍らに立っていたリララは辛抱たまらず吹き出していた。

とっても恥ずかしいことになってしまった。でも、咽せたおかげで、味も風味も分かった。これはコリアンダーシードにそっくりだ。柔らかな甘みがして、さっぱりとした爽やかな香りと苦み。風味は薄いカレーの匂いだ。これなら、コリアンダーの代用品として申し分ない。

だとすれば、もう一つの箱はクミンということになる。先ほどの失敗から学んだわたしは注意深く小袋から粉を取り出し、指先に粉を押し当て口に含んだ。

強烈な匂いが口の中に満ちた。その匂いは、カレーそのものだった。食欲をそそる刺激的な香りだ。辛みはほとんどなく、微かな苦みが口に広がった。クミンの代用品として十分使えるものだ。ただし、地球のクミンより匂いが強烈なので、量には気をつけないといけない。

さすが、族長が手配しただけのことはある。どちらも、わたしが手渡したサンプルととても良く似た香辛料だった。

「すごく、いいです。どちらもわたしが求めていた風味です」

とわたしが言うと、エヌヌは満足そうに頷いた。

「今回の事件のお詫びの品……というにはお粗末だけど、気に入ってくれて何よりです。わざわざこの星の反対側から入手した甲斐がありました。どちらも私は食べたことがないのだけど、とても変わった風味の香辛料なのね」

とても遠い場所から運ばれてきた香辛料だった。星の反対側にある香辛料を探し当てて持ってこれるというのは、実はとてもすごいことなんじゃなかろうか。

「はい。独特の匂いが食欲をそそる料理に使うんです」

「食べてみたいと思うけど、ちょっと怖いわねえ」と言って、エヌヌは笑った。

「まずは、リララに食べてもらって、フラヴトの人の口に合うようでしたら、今度作って持ってきますすね」

とわたしが言うと、リララは目に見えて狼狽した。

「あら、それはいいかもしれないわね。リララ、頼んだわよ」

「は、はい！　お任せくださいませ！」

とリララは、しどろもどろに応えた。

どうして、リララはそんなに緊張しているのだろう。

○

お土産の香辛料と連絡将校のリララを伴って、由希奈は上泉艦長と共に〈くろべ〉に帰艦した。

クミンとコリアンダーを由希奈が入手して戻ってきたという報は、光の速さで艦内を駆け巡った。

あっという間に宙兵隊全員のお出迎えを受けたわたしと艦長は苦笑いを浮かべるだけだったけども、初めて〈くろべ〉に乗ったリララは心底怯えていた。血走った目をした宙兵隊に囲まれたのだから、無理からぬことではある。もしかしたら、食われるとでも思ったのかもしれない。

さしあたって、宙兵隊を落ち着かせるために、わたしは木箱と一緒に厨房へと向かった。リララは艦長と共に艦橋へと向かった。各部署への面通しがあるのだろう。

料理長に香辛料の曰くを伝え、自由に使ってほしいと言った。料理長は持ち込まれた香辛料を慎重に味見した後に、「こいつはすごいな。クミンとコリアンダーに似てるが、まったく違う料理も作れそうだ」と言って、小学生男子のように目を輝かせていた。未知の香辛料に遭遇して、興奮を隠しきれないといった感じだ。

運びこまれた香辛料は、どちらも一トン近くあった。しばらくは枯渇の心配をする必要はないだろう。というか、他の香辛料が先に尽きる。

わたしは料理長に一つお願いをした。

「カレーを作りたいんです。作って、剣之介に食べさせてあげたいんです。職分を超えることをお願いしているとは自覚しています。それでも……」

料理長はわたしの言葉を最後まで聞かず、笑い出した。

「お、嬢ちゃんが作るのか。そいつはいいな。俺もたまにはお客気分を味わってみたかったんだよ」

料理長のその一言で、厨房の空気が決まった。

〈くろべ〉の厨房は、専任者は一人しかいない。すなわち、料理長ただ一人ということになる。恐ろしく自動化の進んだ厨房は、料理長のレシピに基づき、ほぼ全自動で料理を作り上げてしまうのだ。

それでも、材料の準備や調味料のセッティングは人がやる必要があるので、当番制で各部署から一人ずつアシスタントとして人が派遣されてくるのだ。なので、厨房には料理長を含めて四人はいることになる。

そこへわたしが飛び込む形になった。

料理長は「好きに使っていい」と厨房の隅っこに引っ込んで、新しくやってきた香辛料に様々な調味料を混ぜ合わせては味見をしている。その表情は楽しくて仕方がないといった感じだ。

「よし!」

わたしは気合を入れて、手を洗った。

カレーを作るのなんて、何年ぶりだろう。それも、市販のカレールーを使わない香辛料からのカレーなんて、剣之介と一緒に作った時以来かもしれない。

剣之介にしてみれば、ほぼ二〇〇年ぶりのカレーということになると思う。銀河のどこかにカレー屋があったとすれば、話は違ってくるのだけども。

たとえあったとしても、わたしの作る銀河カレーの記念すべき第一号だ。このカレーで剣之介を唸らせれば、何かを思い出すかもしれないのだ。

まずはカレー粉のブレンドだ。

厨房のまわりを、完全装備の宙兵隊が厳重な警備をしていた。

由希奈がカレーを作り始めたという報は、やっぱり光の速さで〈くろべ〉を駆け巡った。そしてやっぱり光の速さで宙兵隊員が集まってきた。

集まった宙兵隊員は、口を揃えて「不埒な輩が、カレーの誘惑に負けて厨房に侵入するかもしれない」とのたまった。それを言うなら一番危ないのはアンタらだ、とは誰も言えなかった。

もっとも、そのことを一番理解していたのは、他ならぬ宙兵隊員でもあったのだ。

お互いがお互いを監視する、殺伐とした雰囲気が厨房を取り巻いた。

そうして、宙兵隊のほぼ全員が厨房の周りを取り囲んだ時、隊長であるマーキスさんが現れた。

「野郎共、これは試練だ！　カレーの匂いをかいでも、責務を果たせるだけの精神力を身につける試練なのだ！　決して振り返ってはならない。振り返った者は、カレー抜きの地獄を味わうことになる。分かったな、野郎共！」

宙兵隊全員の返事が厨房を揺さぶった。

「んな大袈裟な……」と、わたしはブレンドしたカレー粉を弱火で煎りながら呟いた。

もし、これで作ったカレーが美味しくなかったら、暴動が起きかねないと少しばかり不安になった。

そうこうしているうちに、全自動料理マシーンは、ジャガイモと玉ねぎと人参を切り刻んでいい感じに炒め上げ、コンソメを放り込んだ鍋でゴトゴトと煮込み始めた。

そうして、炒め上げたカレールーを鍋に投入すると、鍋から芳醇な香りが立ち昇った。

厨房から漏れ出たカレーの匂いは宙兵隊の鼻をくすぐり、落ち着きを奪っていった。目に見えて宙兵隊員がそわそわし始めたのだ。

宙兵隊員が精神力を使い果たす直前、炊飯器がご飯の炊き上がりを告げた。

料理長が厨房から出て、マーキス隊長に頷いた。

「よーし、野郎共、よく耐えた！　任務完了だ。全員、手を洗って食堂に集合だ」

とマーキス隊長が言うと、宙兵隊員たちは雄叫びをあげて走り去って行った。

こうして「金曜カレー」は復活し、宙兵隊の士気は最高潮に達した。

怒涛のように押し寄せた宙兵隊員は、白兵戦もかくやの勢いでカレーをかき込んだ。ある者は雄叫びを上げ、ある者は咽(むせ)び泣き、ある者は神に感謝の祈りを捧げていた。

凄まじい食いっぷりで、カレーもご飯も早々に食いつくされるかと思われた。だが、料理長の先見の明により、カレーもご飯も普段の倍の量が作られていたのだ。

久しぶりのカレーをしこたま腹に詰め込んだ宙兵隊は、夢遊病者のように食堂を出ていった。今日はいい夢が見られると思う。

宙兵隊の嵐が過ぎ去った後の食堂に、ソフィに連れられてリララがやってきた。リララはわたしを見つけると人懐っこい笑みを浮かべて手を振った。

「由希奈！」

「今日は、由希奈の作ったカレーだと聞きました」とソフィ。

心なしか嬉しそうな表情をしている。ソフィも日本に染まりきった子だ。カレーと聞くと嬉しくなるのだろう。本人にそう言っても、認めないだろうけども。

「エヌヌ族長からもらった香辛料を使った料理なんですよね？」とリララ。

そういえば、リララはエヌヌの前で随分と緊張していたように思う。

「リララは、エヌヌと何かあったの？」

とわたしが聞くと、リララは一瞬だけポカンとして苦笑いを浮かべた。

「とんでもない。ユ士族の族長と何かあったら、生きていけませんよー」

「どういうこと……？」

「エヌヌ族長は、怖い人なんですよう。女帝とか、女団長とか。とにかく勇敢で容赦のない人って言われてます。エヌヌ族長を快く思っていない人たちは、『ユ士族の人食い虎』と呼んでるぐらいです」

なるほど。リララにとってみれば、雲の上の人であり、畏敬の対象なのだ。しかも、恐ろしい噂がいっぱいついて回っている人だ。実際、甘くない人だというのは、肌で感じてもいた。

「そっかー、そうだよねえ。そうそう。リララにもカレー食べてもらわないとね。食べた感想をエヌヌに伝えないといけないし」

とわたしが言うと、リララは「うぐ」と言って固まった。

リララの前にカレーライスを置くと、案の定の反応を示した。

「こ、これですか……？　いや、あの……え？」

リララの視線は、カレーとわたしの顔を、何度も往復した。

それでも、カレーの匂いは食欲を刺激するようで、ゴクリと唾を飲み込んでいた。

「いただきます」

リララの横で手を合わせたソフィは、黙々とカレーを食べ始めた。

「うわあ……」

何の抵抗もなくカレーをパクパク食べるソフィに、リララは度肝を抜かれていた。

ソフィはリララのことなど眼中にない勢いでカレーを頬張って、

「とても美味しいですね。料理長の作ったカレーとは趣きが違いますが、これはこれでなかなか……どこか郷愁を感じるものがあります」

さすがソフィ。日本の味に慣れているだけのことはある。フランス人ですら郷愁を感じるというのだから、日本風カレーライスの魔力は恐ろしいものだ。

ソフィの感想に興味をひかれたのか、リララは恐る恐るカレーを口に入れた。

「こ、これは⁉」

驚きの声を合図に、リララは無言でカレーをかき込んだ。

この辺の反応は、もはや宇宙共通なのかと思ってしまう。

あっという間にカレーを平らげたリララは、コップの水を一息に飲み干し、酔っ払いのオジサンのように息を吐いた。

「驚きの美味しさでした！　これは病みつきになりますね！　驚きです！」

よほど驚いたのだろう。「驚き」を二回も言っていた。そして、勢いあまってリララは椅子から転げ落ちた。

そうだった。リララは背が低いので、椅子を二つ重ねて座面を高くしているのだった。当然、両脚は宙に浮いたままだ。そんな状態で、興奮してテーブルに両手をついて立ち上がろうとしても、ずっこけるのがオチだ。というか、落ちた。

〈くろべ〉にあるすべてのものは、地球人の大人のサイズに合わせて作られている。大人しかいない職場に子供がやってきたようなものだ。

「艦長に言って、備品を揃えてもらったほうがいいでしょうね」

とソフィは笑いを堪えながら言った。

○

座敷牢にカレーの匂いが漂ってきた。

膝を抱えて俯いたままの剣之介が、畳の上に座っている。

由希奈は、鉄格子の下に開いたスリットにカレーの器を滑り込ませた。

「剣之介、ご飯だよ」

本当は、食堂で一緒に食べたかったけども、あれだけの騒ぎを起こした剣之介だ。さすがに無理だと思った。茂住さんは、今も集中治療室に入ったままだ。もうすぐ出られるとハウゼンは言っていたけども、出てすぐにカレーを食べられるとも思えない。ソフィだって、頭の傷はまだ完全に塞がってはいない。

そんな状況だ。わたしの我儘で、剣之介を牢から出すなんてとてもできない。

「カレー作ったんだ。一緒に食べよう」

わたしは食堂から持ってきたトレーを床の上に置いて、剣之介の前に座り込んだ。

剣之介がふと顔を上げた。

「カレー……?」

鼻をひくつかせた剣之介は、怪訝な表情を浮かべた。

「この匂いが、カレーなのか?」

「え……？　覚えてないの？」

目に見えて剣之介が動揺していた。

「この匂いは知らぬ……だが、知っていると感じる……何だ、このもどかしい感覚は」

もしかしたら、「カレー」という知識は覚えているけども、匂いや味は覚えていないのかもしれない。とても変な感じがするけども、エフィドルグのやることだ。妙な穴があっても不思議ではない。

「食べてみてよ」

剣之介はカレーの器を見て、ギョっとしていた。

「こ、これが、カレーなのか⁉　これではまるで……」

なんだか、剣之介まで宇宙共通の反応をしていた。

そしてやはり見た目も忘れている。

「美味しいよ？」

と言って、わたしは剣之介の目の前でカレーを食べて見せた。

剣之介が目をむいた。リララと同じように度肝を抜かれた顔をしている。

そうして、恐る恐るスプーンを握り、汗をダラダラかきながら、ついに剣之介がカレーを食べた。

「！！！」

雷に打たれたかのように、剣之介が目をむいて固まっていた。

なんだか、とても懐かしいものを見た気がする。ちょっと涙が零れそうになった。

「俺は……この味も、辛さも、食べたことはない。だが、知っている……そうか、これが、カレーか」

一気にカレーを食べた剣之介は、震える手で握ったスプーンをじっと見つめていた。

剣之介の中で、色々なものがせめぎ合っているのが分かる。

そんな剣之介の目から、涙が零れた。

「あ……」

初めて見た。剣之介が涙を流すところを。

剣之介は不思議そうに自分の頬を触った。そうして、ようやく自分の涙に気づいた。

「……？　何故、俺は泣いておるのだ？」

「たぶん、カレーが美味しいからじゃないかな」

なぜだか分からないけど、わたしも涙が溢れた。

剣之介が変わり始めた気がする。もしかしたら、もうすぐ剣之介が帰ってくるかもしれない。

そんな予感がした。

○

剣之介は畳の上で胡坐をかき、自問自答を繰り返していた。

カレーを食ってからの俺は、とめどなく溢れてくる記憶に心が乱されっぱなしだ。

俺はどうしてしまったというのだ。俺はエフィドルグの辺境矯正官ではなかったのか。だが、溢れ出てくる記憶は、どれもがそれを否定するものばかりだった。

ヤマーニアをこの手にかけたとき、衝撃が走った。

それは、味方を斬ったからというものではなかった。まったく同じ状況がかつてあった、と思い出されたからだ。あのときも、由希奈を守るために刀を振るった。そして、一度は勝ったと思ったものの、斎藤定九郎は由希奈に向かって刀を振り上げたのだ。

――斎藤定九郎。

そんな者は、俺は知らぬ。知らぬはずだ。

だが、その名を思い出してからは、再び知らぬはずの記憶が次々と溢れ出てくる。

奴はフスナーニと名乗った。クロムクロで討ち取ったグロングルから両手を上げて出てきたのだ。あの異様に手が長いグロングルから出てきたのだ。

待て。あのグロングルは纏い手ともども、叩き斬ったはずではなかったのか。だが、その姿を思い出せぬ。どうやって討ち取った。

思い出されるのは、由希奈の助言で落ちてきたところを貫いたという場面だけだ。だが、あのとき、奴のグロングルは脚を損傷しただけだ。纏い手は、無傷で出てきたではないか。

「くそっ！」

俺はたまらず畳に拳を打ちつけた。

このままでは、蛮族の思う壺だ。偽りの記憶を植えつけられたに違いないのだ。だが、そう思おうとすればするほど、実は俺こそが調整をされていたのではないかという疑いが首をもたげてくる。

エフィドルグの記憶は思い出すほどに、曖昧なものであったと気づいてしまう。

ソフィが言っていたことも毒のように頭に広がっていく。どうして隊長のみならず、ヤマーニアや他の辺境矯正官までもが、日の本の言葉をしゃべっていたのか。理屈が合わぬのだ。それに、どうして俺が、最先任の辺境矯正官だったのか。俺はいつから辺境矯正官をやっている。途方もなく長い間戦っていたという実感がある。だが、そうすると由希奈はいったい何歳なのだ。俺の記憶の中にある、生意気ながらも若々しかった由希奈と今の由希奈はさほど変わっていない。少し大人びた印象があるが、十年は経っておるまい。最初こそ、雪姫に似ていると感じたものだが、時を重ねた由希奈はより魅力的に見える。

――雪姫に似ている、だと⁉

俺は再び畳に拳を叩きつけた。

次から次へと記憶が記憶を呼び、知らなかったはずの事柄が色鮮やかに蘇ってくる。反対にエフィドルグの記憶はどんどんと色を失い、無彩色の黒へと落ち込んでいった。

もはや疑いようはなかった。

「……俺は、エフィドルグに調整されていたのだな」

「おや、自分でそれに気づいたのですか？」

驚いて顔を上げると、鉄格子の向こうにハウゼンが立っていた。いつからそこにいたのだろう。まったく気づかなかった。

「随分と悩んでいたようですが、すべて思い出せたのですかな？」

どうやら、かなり長い間、観察されていたようだ。己の迂闊さに恥じ入るところではあるが、むしろハウゼンでよかったというべきか。

そういえば、俺はハウゼンの脚を斬ったはずだ。だが、目の前のハウゼンは二本足で立っていた。作り物だと言っていたが、真実だったようだ。

「ハウゼン殿、貴殿の脚を斬ってしまい、申し訳なかった。新しい脚をつけられたのか」

「もちろん。〈くろべ〉のプリンターは優秀でしてね。脚の一本程度なら、ほんの数十分ですよ」

ぷりんたあ、とやらは誰のことだか分からぬが、大した者がいるのだろう。

斬り落とした脚を、わずかな時間で作り上げるほどの者がいるのなら、俺の記憶を元通りにできる者もいるかもしれぬ。

「ハウゼン殿、折り入ってお願いがござる。エフィドルグに調整されたようだ、というのは理解できる。だが、俺の思い出はどれもがあやふやなのだ。断片的なのだ。俺は……由希奈との思い出を、すべて取り返したいのだ。なんとかできないであろうか？」

まさに藁にも縋る思いだ。

ハウゼンの目が光ったように見えた。

「……多少の危険はありますす。下手をすれば、すべてを失うかもしれません。それでもかまいませんか？」

「かまわぬ。由希奈との思い出を失ってしまっては、俺は生きている意味がない。そう思えるのだ」

「わかりました……では、こちらへ」

と言ったハウゼンが、鉄格子の一角に手をかざすと、錠前が外れた。

俺は立ち上がり、鉄格子を開いた。

ハウゼンはすでに廊下の先を行っていた。

鬼が出るか蛇が出るか、はたまた仏が出るか。

いずれにせよ、俺は前に進む一歩を踏み出すしかないのだ。

○

緊急の呼び出しを受けて、由希奈はソフィと連れ立って、艦橋のドアを開いた。

艦橋に入ると、ハウゼンの白衣がまず目に入った。

そして、その隣には剣之介が立っていた。

「剣之介⁉」

ゆっくりとこちらに振り向いた剣之介は、どこか照れ臭そうな顔をしつつも、柔らかな笑みを浮かべていた。

明らかに、昨日までの剣之介と違う。何があったのだろう。というか、どうして剣之介が艦橋にいるのだろう。

「すまなかった、由希奈。大いに迷惑をかけてしまったようだな。しかし……綺麗になったな」

「はあ⁉」

誰だコイツは。剣之介はどこに行った。

こんな大人の余裕を見せる剣之介なんて知らない。

「もしかして、ハウゼン先生に、ヘンな薬打たれちゃった？」

ハウゼンは肩をすくめた。

「薬は打っていませんが、少しばかり脳の中身を整理しました」

とんでもないことをさらりと言いましたよ、このマッド先生は。

「どうして⁉　勝手にやらないでくださいって言ったのに！」

「俺が頼んだのだ」と剣之介。

しまった。剣之介に釘を刺しておくのを忘れていた。でも、どうして剣之介は自分から頭の中を整理してくれなんて言ったのだろう。

「思い出したのだ。そなたとの思い出や、様々なことを。カレーのおかげだ。だからこそ、俺は本当の思い出を取り戻すために、ハウゼン殿に頼んだのだ」

「え……じゃあ、うまくいったの？」

「もちろんです」とハウゼンが自信満々に答えた。

いや、先生の言うことはイマイチ信用できないんで。

剣之介は頷いて、笑みを浮かべた。

「そなたに結婚を申し込んだとき、ソフィに『それはフラグだ』と言われたな」

その言葉は、ストンとわたしの胸に落ちた。

調整された剣之介の中では、そこは鷲羽の家の再興がどうのという変なことにされていたはずなのだ。

わたしはあんぐりと口を開けたまま固まってしまった。同じようにソフィも固まっている。

本当に、剣之介は思い出したのだ。辺境矯正官じゃない剣之介が戻ってきたのだ。

何を言おうか。何をしようか。あれこれと頭に浮かんでは、あれもこれもとぶつかってしまって言葉すら出てこない。

「だが、今は再会を喜んでいる暇はないのだ」

さらにわたしは言うべき言葉を失った。

どういうことだろう。再会を喜べないって、なんなんだろう。

「ダメです、〈枢〉から応答がありません！　宇宙軍からの指示の一切が通りません！」

いつからいたのだろう。リララが通信手の横に立っていた。

リララの言葉に、艦橋のクルーはざわめいた。

「時間がない……艦長、今すぐこの星系を脱出すべきだ」

と剣之介が上泉艦長に強い口調で言った。

剣之介の言葉を受けた艦長はハウゼンを一瞥した。

ハウゼンは艦長に頷き返し、

「記憶の整合性は、九九・五％のマッチングを確認しています。リディさんの検証結果も同じでした。信用できます」

艦長は一度深呼吸をして、全艦放送のマイクを取り上げた。

「本艦は只今より、緊急出港を行う。乗組員は直ちに持ち場に戻り、出航準備を進めてくれ」

副長が大きな声で復唱した。

「出港準備！」

艦橋の空気が変わった。ほんの数時間前まで呑気な空気が充満していた船の緊張感が一気に高まった。

いったい、何が起こっているのだろう。

剣之介からは再会を喜ぼうという空気が微塵も感じられない。それほど逼迫した状況ということなのだ。

通信手の横にいたリララが叫んだ。

「〈枢〉が……〈枢〉が開きます！」

「映像、まわせ！」と副長が叫んだ。

剣之介が唸った。

「間に合わなかったか……」

正面の大スクリーンに衛星軌道上の〈枢〉が映し出された。

宇宙に浮かぶ小さな点だった〈枢〉が、白い光の粉を吹き出し始め、大きな球体を形作った。その大きさは月かと思えるほど巨大なものだった。膨張した光の球体は、内圧に負けて弾け飛ぶように光を迸らせて消えた。

光が消えた後には、円形に切り取られた別の宇宙が姿を現した。そして、ここではない宇宙の中に、黒い歪なシルエットが無数に浮かんでいた。

リララが悲鳴を上げた。

「え、エフィドルグ矯正艦隊を確認！　その数……三百！」

絶望が、宇宙の向こうからやってきたのだ。

第七話　『青馬剣之介時貞』

艦橋の正面大スクリーンには、黒いヒトデを思わせるエフィドルグ船の群れが映っていた。

由希奈は、呆然とスクリーンを見つめたまま、しばし息をすることを忘れていた。

見間違えるわけはない。見慣れたシルエットだ。でも、数が尋常ではない。リララは三百隻と言っていたか。

たった三隻を相手に戦っただけで、かなりの苦労をしたのに、その百倍もの数が現れたのだ。戦ったとしても、一方的にタコ殴りにされて終わりだろう。

そういえば、剣之介は「間に合わなかった」と言っていた。こうなることを知っていたのだろうか。

そう思ったのはわたしだけではなかったようで、上泉艦長が剣之介に厳しい視線を向けていた。

「……君が属していた三隻の小艦隊は、本隊を呼び寄せるための仕込みをしていたのだな？」

剣之介は艦長の視線を真正面から受け止めて頷いた。

「その通りだ……筋を通さねばならんな。フラヴトの立場ある者と繋いでくれ」

そう剣之介が言うと、みんなの視線は通信手の横に立っているリララへと向けられた。

みんなの注目を集めてしまったリララは、慌ててフラヴト宇宙軍と連絡をとった。

しばらくして正面の大スクリーンに小さなウィンドウが開き、見慣れた女性の姿を映し出した。ユ士族の族長であるエヌヌだ。これ以上ない非常事態だからだろう、いきなり最高責任者が出てきたのだ。

　エヌヌは開口一番、きつい口調で切り出した。

「青馬剣之介、あなたは我々を裏切ったのですか？」

　剣之介はまったく動じず応じた。

「俺がエフィドルグに捕まり調整を受けたことが裏切りであるというのなら、その通りだと言うしかない。だが、俺はエフィドルグの頸木（くびき）から逃れた。そして、俺はエフィドルグの秘密作戦の詳細を知っている」

「簡単に教えてくださる？」

「先日の艦隊戦の裏で、傀儡を放ったのだ」

「傀儡とは、カクタスのことだな？」と上泉艦長。

　剣之介は頷いて、

「艦隊での戦いに入る前に、〈枢〉の制御を奪えるよう特別に改造を施した傀儡を打ち出しておいたのだ。傀儡の大きさなら、察知される心配はない。万が一捕捉されたとしても、取るに足らないゴミと思われるだろう」

「……そのようですね。捕捉できなかったようです」とエヌヌ。画面の外の誰かから報告を受けているようだった。

「艦隊戦で勝利すればよし、仮に敗れたとしても十分に時間を稼げるであろうし、油断を誘うことができると考えたのだ。事実、エフィドルグは敗れたが、フラウトの艦艇は第三惑星に向かい、この〈くろべ〉も補給のために地上に降りている」

「私たちが惰眠を貪っている間に、地獄の扉を開いていたのですね」

「残念ながら、その通りだ」

艦長が唸った。

「周到な作戦だ……」

エヌヌは無言で頷き、

「フラウトが助かる可能性はありますか？」

剣之介は即答した。

「ない。ことこの期に及んでは、何をやってもいたずらに血を流すだけだ。森に潜み時を待つしかない」

「残酷なことを平然と言いますね……あなたは本当に調整を解除できたのかしら？」

と言ってエヌヌが目を細めた。

わたしは一瞬、どきりとした。

直に剣之介を見ているわたしからすれば、本当の思い出を取り戻したのだと肌で感じることができる。でも、エヌヌや事情を知らない人から見れば、まだまだ「裏切ったエフィドルグの青馬剣之介」なのだ。

そう言われた剣之介だが、動じる気配は微塵もなかった。

「エフィドルグの作戦は、これで終わりではない。今この場にきている三百隻は第一陣だ。デオモールからやってくるであろう解放軍の主力艦隊がこの星系に入った時点で、第二陣が〈枢〉から現れることになっている。その数は五百。これはエフィドルグの最高機密だ。今回の作戦を立案した司令部と、準備作戦を行った俺たちしか知らない情報だ」

その言葉に、エヌヌも含めてこの場に居合わせた全員が息を呑んだ。

「八百隻……それほどまでに、エフィドルグは回復していたのですか……」

エヌヌが慄いていた。

「戦略的に重要なこの星系を奪還しつつ、解放軍の艦隊戦力を殲滅するために立案された作戦なのだ。俺が捕らえられる直前の解放軍の主力はおよそ六百だったが、増えているか？」

エヌヌは首を横に振り、

「ほとんど増えていません。どの星も復興が最優先ですし、エフィドルグのように星の寿命を縮めるような造船計画は立てられません……」

艦長が頷き、

「だとすれば、エフィドルグ艦隊三百隻の報を受けた解放軍は、それに倍する六百を投入し、確実な勝利を得ようとするだろうな」

「そして、解放軍の六百隻がこの星系に入り、エフィドルグ三百隻と対峙した瞬間、後ろから五百隻が現れ、解放軍を挟み撃ちにするのですね」とエヌヌ。

剣之介は頷いた。

「長い戦いを経て、エフィドルグの作戦立案能力は格段に進歩している。辺境に派遣された先遣隊ならいざ知らず、主力である矯正艦隊は今までのような愚直な戦いをすることはもはやないだろう」

「皮肉ですね……私たちが工夫をこらして戦うほどに、エフィドルグも戦い方を進歩させてしまう」

そう言ったエヌヌは、わたしに笑みを浮かべた。

「……あなたは本当にエフィドルグの頸木を逃れたのですね。由希奈、本当に頑張りましたね」

わたしはエヌヌに頭を下げた。

「はい。みなさんのおかげです」

「貴重な情報です。すぐにデオモールの解放軍に伝えなければ。もっとも、光の速さで十三年もかかるのですが……」

そうなのだ。〈枢〉の制御を奪われてしまった以上、電波で伝えるしかない。デオモール——射手座*x1*——は、射手座26星系から十三光年離れているのだ。

エヌヌが何かを言おうと口を開いた瞬間、映像が消えた。

レーダー手が叫んだ。

「軌道砲撃です！」

〈くろべ〉から数km離れたユ士族の街の外れに激しい閃光が迸った。小さなキノコ雲が立ち昇り、数秒後に衝撃波が〈くろべ〉を襲った。

「フラヴト宇宙軍司令部が……消滅しました……」

リララが呆然と言った。

「推定質量一トン、秒速二十km！　トラクタービームで加速しているようです！」

レーダー手たちから次々と報告が上がり、リララも呆然としたまま各地の被害を伝えてきた。

第二惑星上にある軍事施設、特に通信能力を持った拠点が重点的に攻撃されているという。市街地や工業地帯は軌道砲撃を受けていないことから、あくまで反撃能力と通信手段を奪うのが目的のようだった。

「目と耳と口を塞ぎにきたのだ……」と剣之介。

〈くろべ〉の眼前にあるユ士族の街も、最初の一撃で宇宙軍司令部が消し飛んで以降は爆撃を受けていない。それでも、一トンの質量が、秒速二十kmで地表に激突するのだ。トラクタービームで問答無用に加速された弾体は、隕石のように大気で減速することもない。単純計算で二〇〇〇ギガジュールの運動エネルギーだ。地球最大の戦艦であった大和の主砲の砲口エネルギーは四四〇〇メガジュールだそうだ。いつだったか、上泉艦長が言っていた。大雑把な計算で、大和の主砲の四五〇〇倍。そんなものを人口密集地である街に撃ち込んだのだ。この一発でどれほどの人が死んだのだろう。想像するだに恐ろしい。

宇宙を押さえられるということは、こういうことなのだ。地球の被害が少なかったのは、世界中に散らばった枢石の所在が明確でなかったからだし、そもそもエフィドルグの目的は「生産力を保ったまま支配」することだからだ。滅ぼすつもりなら、ものの数日で人類は滅んでいた。

矢継ぎ早に押し寄せる報告に、目に見えて艦橋のクルーは動揺していた。

「エフィドルグの艦隊が第二惑星の軌道上に広がっていきます……五十隻が第三惑星に向かうベクトルを取ってます！」

大スクリーンの一角に、モデル映像が映し出された。

第二惑星の表面を覆いつくすように二百五十隻の船が広がっていき、五十隻の船が第二惑星を離れていった。

副長が困惑の表情を浮かべて艦長を見た。

艦長も判断に迷っているようだった。

艦長の迷いを察したのか、剣之介が落ち着いた声で言った。

「エフィドルグの網が広がるのを待ったほうがいい」

「脱出できる見込みはあるのか？」と上泉艦長が剣之介に訊いた。

「手はある。だが、複数の艦が上空にいる間はやめたほうがいいだろう。逃げようとしても、足を引かれる」

「……トラクタービームに捕まる、ということか」

上泉艦長は剣之介の言わんとすることを理解したようだった。

無理に脱出しようとしても、近くにエフィドルグ船がいればトラクタービームで牽引されてしまう。当然、加速は鈍る。あっという間に囲まれてしまうだろう。

誰も一言も発することなく、時間がじりじりと過ぎる。

通信手の言葉に、リララがハッとした。

「第三惑星に向かった五十隻が……フラヴト一番艦と接触したようです」

そういえば、二番艦を第三惑星に引っ張っていった一番艦は第二惑星に戻ってきていたのだった。

「運悪く、〈枢〉が第二惑星の陰に隠れていたために、矯正艦隊の出現を察知できなかったようです……」

しかも悪いことに、第二惑星の軌道に入るために一番艦は減速中だったのだ。第二惑星の陰から殺到するエフィドルグ艦隊を確認したものの、離脱するには遅すぎた。運に見放されたとしか言いようがない。

副長が遠慮がちに艦長を見た。副長の視線を受けた上泉艦長は、苦虫を百匹ほど噛み潰した顔をして首を左右に振った。

みんな分かっていることだ。助けに向かったところで、揃って轟沈だ。

通信モニターに小さなウィンドウが開いた。映像はなく、真っ黒な四角が表示されているだけだった。音声信号のみの通信ということだ。

「こちらは、フラヴト宇宙軍艦隊司令官ユ・ゾゾンである。現在、フラヴトはエフィドルグ矯正艦隊の襲撃を受けている。敵の戦力は三百隻、繰り返す、敵の戦力は三百……」

ゾゾンの声だ。暗号化されていない平文での通信だった。

たぶん、〈枢〉を奪われたと察したのだろう。十二光年離れたデオモールに届くことを期待して、平文で打ったのだ。

ゾゾンの声が途中で途切れた。

「フラヴト一番艦から、大規模な反物質の対消滅反応を検出しました。ガンマ線放射レベルから逆算すると、轟沈です……」

〈くろべ〉の核物理学者からの報告だ。

艦橋に暗い溜め息が満ちた。

地上にいる〈くろべ〉からは遠く離れた宇宙の様子を見ることはできない。それでも、反物質炉が爆発したときに放射されるガンマ線はキャッチできるのだ。

「最後の瞬間まで己が責務を果たさんとしたゾゾンは天晴れであるが……エフィドルグの作戦に乗ってしまったな」と剣之介が呟いた。その表情はどこか悲し気だった。

そうだった。剣之介の記憶の中には、若き日のゾゾンがいるのだ。フラヴトを解放する戦いの最中、無礼な質問をしたフラウトの戦士を殴り飛ばしたのがゾゾンだ。

剣之介は二〇〇年も戦っている。見知った者が死んでいく様をずっと見続けてきたのだ。自分よりも後に生まれた者が、先に死んでいく。時の流れに取り残された剣之介は、ただ見送るしかできない。

その心中は、わたしには想像すらできない。でも、これからはその悲しみや苦しみを少しは分かち合えたらと思う。

静まり返った艦橋に、通信手の声が響いた。

「エヌヌ族長から、音声通信です」

宇宙軍司令部が消滅したので、簡易な音声通信に切り替えたのだろう。

「流してくれ」と艦長。

スピーカーからエヌヌの声が聞こえてきた。とてもノイズが多いのは、出力の小さなアンテナを使っているからだろう。

「艦隊司令官の通信はそちらでも受信できたと思います。あなたたちには、何としても包囲を抜け、エフィドルグの真の狙いを解放軍に伝えてもらわなければなりません」

「そのつもりです。状況は非常に厳しいですが、できるだけのことをやります」と艦長。

「結果的にエフィドルグの策に乗ってしまったあの子の不名誉を、雪いでほしいのです」

エヌヌの声は、今までのように背筋の伸びた強い印象がなかった。

音声だけでよかったと思う。息子を失った母親を見たくはないし、エヌヌも見られたくないだろう。エヌヌは一度もゾゾンという名前を言わなかった。言ってしまうと何かが溢れそうで、言えなかったのだろう。

「当艦直上にエフィドルグ船！　高度四百km！」とレーダー手が叫んだ。

別のレーダー手も叫んだ。

「トラクタービームの照射を受けました！」

「エフィドルグ船が、投射体を射出！」

レーダー手たちが悲鳴のような報告を連続であげると、上泉艦長は間髪入れず命令を出した。

「機関点火！　重力シールドを最大強度で展開。艦首を射線に向け、斥力衝角（せきりょくしょうかく）を始動。艦首が定まり次第、離陸を開始！」

単純に計算しても、二十秒で着弾だ。余裕はない。

すぐさま重力推進機関が動き始め、艦首に装備された重力式バウスラスターが反重力場を作り出した。水中に反重力場を展開したために、艦首から盛大に水柱が上がった。

〈くろべ〉は半身を水に沈めたまま、真上へと艦首を持ち上げていく。

水面に立ち上がるように船体を起こした〈くろべ〉は、ゆっくりとその身を空に飛び立たせていった。

近くに人の住む街があるので、急発進はできない。反重力場を急激に展開させると、水を一気に押しのけてしまい沿岸の街に大波が押し寄せてしまうからだ。

二十秒とちょっとで、空の彼方から一トンの鉄の塊が降ってきた。

重力子を強制的に整列させてしまうトラクタービーム内部は、生半可な重力制御は無効にしてしまう。それでも、斥力衝角なら効果範囲が狭い分強力だ。トラクタービームの特性を打ち消した上で、弾体を逸らせることができるだろう。

斥力衝角が一トンの鉄の塊の進路を逸らし、重力シールドが船体に当たらないよう、さらに弾き飛ばした。それでも、重力シールドは「直撃しないもの」には反応しないという特性がある。宇宙なら特に問題はないのだけども、今の〈くろべ〉は水の上だ。

〈くろべ〉のすぐ脇の海面に、二〇〇ギガジュールの運動エネルギーが炸裂した。

水面から浮き上がったばかりの〈くろべ〉のお尻を、爆発的に盛り上がった水柱が叩いた。

慣性制御機構が唸りを上げげて衝撃を和らげようとしたけども、吸収しきれなかった慣性が中の人全員を襲った。

背中から突き飛ばされたような衝撃を受けて、わたしは宙を泳いだ。

「はわっ！」

完全に両足が浮いてしまったわたしの眼前に、硬そうな机の角がある。このままでは、机の角にチューをしてしまう。

咄嗟に腕で顔を庇(かば)った。

硬い衝撃に身構えていたわたしの腕が、柔らかいというほどではないけども少し硬い何かに当たった。

そこで体の動きは止まった。背中を硬いというほどではないけども少し柔らかい何かに支えられていた。

反射的に瞑（つむ）っていた目を開けると、目の前に剣之介の胸板があった。

剣之介が、机の角に向かってチューを敢行するわたしを抱きとめてくれていた。剣之介は左手でしっかりと机を掴み、右腕でガッチリとわたしを受け止めてくれていたのだ。

ガッツリ抱きしめられているという状況を理解したわたしの心臓は、急に心拍数を跳ね上げた。剣之介に抱きしめられるのは、これで二回目だ。その昔、エフィドルグ船から脱出するときに、わたしから縋り付いたとき以来だ。あのときは感極まって、剣之介の体温を感じる余裕なんてなかった。というか、パイロットスーツ越しだから感じられなかった。でも今は薄い検査着だ。剣之介の胸板の柔らかさと硬さと温度を感じる。

剣之介の顔を見るのが気恥ずかしくて、チラリと横にいたソフィを見た。

ソフィは手近な機材に手をついて平然と立っていた。

どうやら自分の姿勢制御に失敗したのはわたしだけのようだった。それが分かってしまうとますます恥ずかしさが込み上げてきた。それでも、この状況を終わらせるのは惜しい。

おずおずと剣之介を見上げてみた。剣之介だって、わたしを抱きしめるなんて二〇〇年ぶり

のはずだ。少しは照れているのではないか。そんな期待が微かにあった。

「艦長、通信権限を借りられるか？」

と剣之介はキリリとした顔で艦長に向いていた。

気恥ずかしさなんて、一ミリもなかった。まるで、わたしを抱きとめているのは当たり前のこと、とでも言わんばかりだ。頼もしさと一緒に、ちょっとばかり悔しさを感じた。

「何をするつもりか教えてくれるかな？」と上泉艦長が応じた。

「エフィドルグと通信を開く。奴らの中では、俺はまだ辺境矯正官だ」

艦長は剣之介のやろうとしていることを理解したのか、大きく頷いた。

「……なるほど」

「リディさんを中継するといいでしょう」とハウゼンが言った。

あれだけの衝撃があったのに、ハウゼンは平然と立っていた。何か秘密の道具でも持っているのだろうか。

ハウゼンの言葉を受けて、リディくんがピポピポ言った。

「リディ？　随分と見た目が変わったのだな」と剣之介が笑みを浮かべている。

リディくんは得意げにピポピポと返した。

「エフィドルグ基本通信で回線を開いてくれ。暗号化は不要だ」

剣之介の目の前にリディくんが立った。

リディくんの片目が光り、剣之介を照らした。

照明のつもりなのだろうか。というか、目が光るとか知らなかった。

「由希奈、居心地がいいからといって、いつまでもそこにいては邪魔ですよ」とソフィ。

わたしは慌てて剣之介の懐から飛び退いた。体温の高い剣之介の温もりが失われたことに微かな喪失感が生まれた。ソフィが言っていた「炬燵の魔力」が少し分かったような気がした。

「はい……スミマセン……」

ソフィはわたしが剣之介の懐でアレコレ考えている様をじっと見ていたに違いない。とても恥ずかしい。

そんなわたしの心中などお構いなしで、剣之介が真剣な表情を浮かべて語り出した。

「こちらは、辺境管理官代理の青馬剣之介時貞である。この白き船は、我々が蛮族より奪取したものである。攻撃を控えられたし」

一瞬、剣之介が何を言っているのか理解できなかったけども、共通語でしゃべっていたのだ。リディくんが気を利かせて、正面のスクリーンに剣之介の姿と一緒に翻訳した言葉を表示していた。

誰もが無言で反応を待っていた。

しばらくして、大スクリーンの一角に新たなウィンドウが開いた。

そこには、黄金色の甲冑（かっちゅう）に身を包んだ大柄な人間が映っていた。その顔はやはり他の管理官と同じように顔全体を覆う兜に隠されていた。

「この艦隊を預かる、矯正執行官である。青馬剣之介時貞、貴様の行っていた作戦内容は把握している。よくぞ、〈枢〉の制御を奪った。貴様の働きはエフィドルグの安寧に大いに貢献したと言えるだろう」

「ははっ！　恐悦至極に存じます」

「貴様は辺境管理官代理と名乗ったが、三名の辺境管理官はどうなったのだ？」

「二名は船と共に消滅、一名はフラヴトに捕縛され傀儡とされてしまいました」

「理解した。貴様は艦隊が消滅したにもかかわらず作戦を完遂させ、生き残った辺境矯正官で蛮族の船を奪ったというのだな？」

「その通りであります」

「素晴らしい手腕だ。今回の働きは、大いに評価されるべきであるな」

矯正執行官と名乗った指揮官らしき人は、しきりに感心しているようだった。

一応、作戦を成功させ、敵の船を奪ったというのだから、大手柄といえば大手柄だ。

「ながら、一つお願いがございます。我々が乗っ取ったこの白き船を、我らが船としとうございます。許可をいただけないでしょうか？」

剣之介はしきりに「我々」と言っている。

あくまで、他の辺境矯正官と共にこの船を奪ったということを強調している。人外である辺境矯正官とはいえ、一人で船を奪ったというのはいかにも嘘臭い。その嘘臭さを誤魔化すための演出だろう。もっとも、辺境矯正官二人でこの船はかなり危ないところまで行ったのは確かだ。もう一人は、生きてはいないけども。

剣之介の言葉を受けた矯正執行官は一瞬だけ考えて、

「……即答はできん。司令部の許可を得ねばならん。何より、未知の船である。蛮族の罠があるやもしれぬ。それに、貴様たちだけでは手が足るまい。貴様の頭上にいる六一七三号に接舷して辺境管理官に詳細を報告し、傀儡の分配を受けよ」

「では、この作戦中は、我々がこの船を預かるということで、よろしいのでしょうか？」と剣之介。

「許可する。正式な沙汰があるまで、その船の管理官として任命する。戦時適用である。貴様の辺境管理官への昇進を司令部に打診しておこう」

「ありがたき幸せ」と言って剣之介は深々と頭を下げた。

「エフィドルグに安寧を」と矯正執行官が言うと、剣之介も律儀に「エフィドルグに安寧を」と返した。

そこで通信が切れた。

本当にエフィドルグの人って、「安寧」って言うんだと知って驚いた。ムエッタから少しは聞いていたけども、いざ本物を目の前にするとなにやらムズ痒い感じがする。しかも、それを言っているのが剣之介なのだから余計だ。

リディくんの目のライトが消えた。

「艦長、すまなかった。一時しのぎとはいえ、この艦と艦長を蔑ろにするような言葉を吐いてしまったことを許してはしい」と剣之介が艦長に頭を下げた。

剣之介の気配りに、艦長は一瞬だけキョトンとして苦笑いを浮かべた。

「そう言われて初めて気づいたよ。俺は艦長失格かもしれんな」

なんだかポーっとしてしまった。

わたしの中の剣之介は、高校時代で止まったままなのだ。どちらかと言えば粗暴で単純。意地っ張りにして唐変木。だけど照れ屋で、優しい性根を持った男だった。

気配りのできる男ではあったけども、相手の立場を慮って先回りして非礼を詫びるなんてことはできなかったはずだ。

なんだか、知らない間に大人になってしまっていた男子と再会したような気分になった。

よくよく考えてみれば、わたしの主観時間は二十四年の時を刻んでいるだけ。対して剣之介は……えーと、今が西暦二三三〇年だから、二〇一六年に十七歳だった剣之介ってことは、二三一歳ということになる。改めて計算すると、ちょっとビックリだ。二〇七コも上だ。これはタメ口きいてたらダメなんじゃないか。そんな気がした。

艦長が剣之介に向いて訊いた。

「このまま上昇して、真上のエフィドルグ船に近づけばいいのだな?」

「頼む。由希奈、ソフィ。少し力を貸してもらうぞ」

剣之介はわたしの目を見て言った。

○

由希奈はマナタのコクピットの中で、第二惑星の地表を見つめていた。

高度四百kmぐらいから見る星が一番綺麗だと思う。星の輪郭と大気の境目が宇宙の闇とのコントラストを描いて宇宙を実感しつつも、見下ろした星の街の灯りが人の息吹を感じさせるからだ。

地球はほとんど海の青色だったけども、フラヴトの第二惑星はジャングルの緑一色だ。

地表を見つめている目を逆方向に転じると、射手座26の光を受けた〈くろべ〉が白く輝いていた。〈くろべ〉のすぐ隣には、黒光りするエフィドルグ船だ。六一七三号という名前の船だ。名前というか、通し番号っぽい。

とても不思議な光景だった。

〈くろべ〉は艦首を宇宙の彼方に向け、エフィドルグ船は地表を向いている。

色も向きも逆な兄弟のような船が、仲良く並んで衛星軌道上でランデブーだ。

「エフィドルグ船に攻撃的な動きはありません」とマナの落ち着いた声。

それはそうだろう。エフィドルグは、剣之介のことを作戦を成功させてまんまと蛮族の船を奪った凄腕の辺境矯正官、と思い込んでいるのだから。

今回の作戦に合わせて、マナタは敵味方識別コードをエフィドルグのものに戻してある。仕方がないとはいえ、嫌な思い出が頭をよぎってしまう。

剣之介は「簡単な作戦だ」と言った。

それでもやっぱり、わたしは心配だ。

グロングルなしでエフィドルグ船に乗り込み、リディくんの小さな蜘蛛(くも)で辺境管理官を操るというのだ。相手は油断しているだろうけども、辺境管理官も辺境矯正官も人間の規格を逸脱した人外なのだ。

「指揮官機が一機出てきました」とマナ。

エフィドルグ船のグロングル射出ゲートが開き、ゆっくりとグロングルが出てきていた。その動きは緩慢で、戦闘を意識したものではないとすぐに分かった。

おおかた〈くろべ〉やマナタを冷やかしに出てきた辺境矯正官だろう。

「エフィドルグ基本通信での呼びかけを受けました。応じますか？」

「……シカトするわけにもいかないよねえ？」

とわたしが言うと、マナは「辺境矯正官のフリをしたほうがいいでしょうね」とアドバイスをくれた。

辺境矯正官なんてなったことがないから分かんないよ、と思ったけども良く知った辺境矯正官が一人いたではないか。しかも、わたしと同じ顔をした辺境矯正官だ。

ムエッタの真似をすることにした。

「こちらは、辺境矯正官のユキナである。何用であるか？」とあえて高飛車な返事をしてみる。なんだか偉そうな気分になってきた。ちなみに、言語はマナが共通語に自動変換してくれている。

正面モニターに小さなウィンドウが開き、相手の辺境矯正官が映った。

その姿を見て、少し驚いた。フラヴト人だったからだ。

ずんぐりむっくりの体形に、髭もじゃの顔は見慣れたものだ。髭はあまり長くないから、若者だろう。

「辺境矯正官のブブフだ。なに、一言挨拶をしようと思ってな。そう突っかかるな」

フラヴトの男の人なのに、妙に馴れ馴れしい。第二惑星で接した戦士団の男たちは礼儀正しく、お堅い印象が強かっただけに少々面食らった。

「しかし、お前のグロングル、随分と旧式だな。何故、そのようなポンコツに乗っておるのだ？」と、ブブフと名乗った辺境矯正官はいきなり失礼なことを言ってきた。

「今すぐこの無礼なグロングルを撃墜しましょう！」とマナ。

随分とご立腹のようだ。薬缶(やかん)でも乗せておけば、ピーと鳴りそうな勢いだ。

ムエッタモードのわたしは、怯まず言い返す。

「蛮族の船にあったものを奪ったのだ。旧式ながら、なかなか良い機体であるぞ」

「なんだ、乗機を墜とされたのか？　無様だな」

大変失礼な男だ。よく見れば、向こうのグロングルはピカピカだ。もしかしたら新品かもしれない。だとすればブブフは実戦経験がない新兵さんだ。

「旧式と思って侮るなよ。わたしはこの機体で蛮族のグロングルを何機も墜としたのだ。何なら試してみるか？」と売られた喧嘩を買うフリをする。

ブブフは明らかに狼狽(うろた)えた。

「……仲間内での私闘は禁じられている。機会があれば手合わせをするに吝(やぶさ)かではないが、今は作戦行動中だからな」

そう言ったブブフはグロングルを回れ右させて船へと戻っていった。

どうやら口だけのヘタレ野郎であったようだ。他愛のない。そう遠くない未来に貴様を地獄に送ってやる。覚悟しておくが良い。

ああ、なんだかわたしの中の良くない扉が開きそうな気がする。これ以上ムエッタモードの思考は危険だからやめておこう。

不意にスピーカーからソフィの声が聞こえてきた。

「一瞬、マナタにムエッタが乗っているのかと思いました」

聞かれていたようだ。ちょっと恥ずかしい。

エフィドルグ基本通信は、みんなと共有されていることを忘れていた。

〈くろべ〉の逆側にソフィのガウス一号機が浮かんでいた。

「そろそろ剣之介が辺境管理官と接触します」とソフィが言った。

正面モニターの片隅には、ずっとライブ映像が流れている。

剣之介と共に、エフィドルグ船六一七三号に乗り込んだリディくんの主観映像だ。ちなみにリディくんは、剣之介に付き従う情報サポートカクタス、という役柄だ。

リディくんは剣之介の後ろを歩いているのだろう、エフィドルグ船の内部を進む剣之介の背中が常にフレームに入っている。

リディくんの身長は、剣之介よりちょっとだけ高い。なので、わたしが普段見られない角度の背中が見えている。意外と首筋から肩にかけての筋肉がすごい。やっぱり真剣を振り回しているだけあって、わたしとは鍛え方が違うのだと実感した。

剣之介が扉をくぐると、丸い部屋が現れた。

背もたれの高い椅子が中心を向いて円形に並んでおり、一番奥の席はひときわ背もたれが高かった。

どうやら、エフィドルグ船の艦橋のような場所らしい。

一番奥の背もたれの高い椅子に、白銀に輝く甲冑を来た大柄の人が座っていた。辺境管理官なのだろう。やっぱり辺境管理官はみんな同じ格好をしているのだ。

まわりの席には、辺境矯正官らしき人が五人。みんなずんぐりむっくりの体形をしているので、フラヴト人のクローンなのだろう。辺境矯正官の定数は六人なので、残る一人はわたしに喧嘩を売りにきたブブフという辺境矯正官だ。

辺境管理官の前まで進み出た剣之介が軽く頭を下げた。

「辺境管理官代理、青馬剣之介時貞、参上いたしました」

鷹揚(おうよう)に頷いた辺境管理官は、

「矯正執行官から指示は受けている。お前の後ろに立っているのは傀儡か？　見慣れぬ形をしておるが」

「はい。蛮族から奪った船に積まれていた傀儡です。形を変えられてはいますが、機能はなんら損なわれていません」

辺境管理官が肩を揺すった。

「おかしなことをするものだな。矯正執行官から、傀儡を分配せよとの指示を受けたが、どの程度必要なのだ？　船内の整備が必要なのか、それとも情報処理の手が足らぬのか、どちらだ」

「詳しくは、この傀儡からお伝えいたします」と剣之介が言うと、リディくんが辺境管理官の前に立った。

リディくんが辺境管理官に手を向けると、プシュっと指先から空気が爆ぜる音がして、小さな何かを撃ち出した。

「⁉」

驚いた辺境管理官が咄嗟に顔の前に手をかざし、撃ち出された小さな何かを受け止めた。掌を開くと、潰れた小さな蜘蛛のような機械が見える。エフィドルグの蜘蛛型洗脳マシンだ。

「貴様、どういうつもりだ⁉」

激怒した辺境管理官が立ち上がり、すかさず抜刀した。

「失敗！　作戦二番に変更！」と剣之介が叫んで抜刀した。

リディくんに斬りかかった辺境管理官の斬撃を受け止めた剣之介は、リディくんを下がらせて辺境管理官に足払いをかけた。剣之介の足払いをもろに喰らった辺境管理官は、もんどりうって背中から倒れた。

突然のことに浮足立っていた辺境矯正官五人が、一斉に立ち上がって抜刀した。

ほぼ同じタイミングで、剣之介がくぐった扉が開き、完全武装の宙兵隊がなだれ込んできた。

辺境矯正官たちは、初めて見る異形の装甲宇宙服に目をむいて動きを止めてしまった。

宙兵隊は躊躇なく引き金を引き、辺境矯正官たちの胴体に風穴を開けていった。

ほぼ一瞬で五人の辺境矯正官が絶命した。五人分の血しぶきで艦橋っぽい部屋は血の海になっていた。

わたしは思わず目を逸らしてしまった。

クローンとはいえ、生きている人なのだ。やっぱり、見ていて気持ちがいいものじゃない。

「由希奈、行きますよ！」とソフィが叫んだ。

そうだった、ライブ配信に現（うつつ）を抜かしている場合じゃなかった。辺境矯正官はまだ一人残っているのだ。

ブブフと名乗った辺境矯正官は、艦橋っぽい部屋にいなかった。もしかしたら、まだグロングルの中だ。だとすれば、面倒なことになる。船内で暴れても困るし、外に逃げ出してエフィドルグに連絡でもされたら作戦が台無しだ。

だからこそ、わたしとソフィは〈くろべ〉の外で待機していたのだ。

由希奈はブブフのグロングルが入ったグロングル格納庫へとマナタを向け、最大加速で突っ込んでいった。

グロングル格納庫の扉が開き始めた。

ブブフは逃げることを選択したようだった。船の外に出られては、厄介なことになる。

扉が開ききる前に、わたしはマナタを格納庫の中へとねじ込んだ。

グロングルが飛び込んでくるとは思っていなかったのだろう。ブブフのグロングルはビクリと機体を揺らしていた。明らかに動揺している。無理もない。百戦錬磨で大きな手柄を立てた辺境矯正官である剣之介が突然裏切ったのだ。想定外もいいところだろう。

わたしは一気にケリをつけるべく、マナタのブレード十本すべてをブブフのグロングルに向けて突き出した。

ブブフのグロングルは抜刀すらせず、両腕でマナタのブレードを受けた。

十本のブレードに深々と抉られた両腕が黒く染まっていく。

このまま黒く染まりきれば、グロングルは機能を停止するはずだ。そう思った瞬間、ブブフのグロングルは、自ら両腕を胴体から外して離脱を計った。

「あ……マズっ！」

マナタのブレードすべては外された両腕に刺さったままだ。

刺さった腕を外すためにブレードを一振りしたせいで、動きが一テンポ遅れた。

ブブフのグロングルが開ききった扉から宇宙に飛び出した。と思ったら、弾かれたように戻ってきて格納庫の天井にぶつかった。

ブブフのグロングルは、ガウス一号機の薙刀（なぎなた）に胴体を深々と突き刺されていた。

「ソフィ！　ありがと、助かったよ」

薙刀に胴体を貫かれたグロングルは、黒く変色してピクリとも動かなくなった。胴体を貫かれているのでブブフは生きてはいないだろう。

「チームですからね。結果としては上出来です」とソフィの落ち着いた声が聞こえてきた。

ソフィはあえて外で待ち構えていたのだ。状況把握能力と咄嗟の判断力はさすがとしか言いようがない。

これで、辺境矯正官六人全員が死んだことになる。

リディくんのライブ映像の中で、辺境管理官が剣之介と宙兵隊に追われて艦橋っぽい部屋から逃げ出していた。辺境矯正官の全員が死んでしまい、剣之介と十人もの宙兵隊員を相手にするのは不可能と察したのだろう。

辺境管理官は何事かを叫びながら逃げてはいるけれども、一向に反応を返さない船に混乱をしている様子だった。

実は、この船のほとんどの機能は、リディくんがすでに乗っ取っているのだ。辺境管理官に会う前に通路の情報端末からコッソリとやっていたのだ。まさか、味方にそんな小細工をされるとは思っていなかったのだろう。すんなりと乗っ取ることができた。

そもそも自動化が進みすぎているエフィドルグ船の内部では、目視での確認という手順の一切を省いているのだ。そのおかげで、昔のわたしは船の中を自由に歩き回ることができたわけだ。

ちなみに、剣之介と一緒になって辺境管理官を追いかけている宙兵隊の装甲宇宙服は「私はカクタスですよ」という欺瞞(ぎまん)信号を常に出している。もっとも、エフィドルグ船に積まれているカクタスは、所属艦を示す独自のコードが割り振られている。そのコードは、船に乗り込んで調べないことには分からない。なにより、相手に気づかれてはいけないという大前提がある。

今回のように、相手が油断しきっている時にしか使えない技だ。

辺境管理官が逃げる先は、辺境矯正官には「壁」と認識される認知迷彩の向こう側にある管理官専用の端末だろう。そこからなら奪われた船のコントロールを取り戻すことが可能だ。もしかしたら、自爆命令を出すかもしれない。

もっとも、剣之介も宙兵隊も辺境管理官のとるであろう行動は先刻ご承知だ。

辺境管理官は認知迷彩の先にある隠し通路に入る前に、待ち伏せしていた宙兵隊員に脚を狙撃されてあっけなく床に転がった。辺境管理官を殺してしまうと、エフィドルグ船は勝手に自爆してしまうので、生け捕らないといけないのだ。

こうして、エフィドルグ船六一七三号は、わたしたちの手に落ちた。

「辺境管理官の拘束に成功。これより、次のフェーズに入る」と剣之介と共にエフィドルグ船に入っていた通信兵のトミーが連絡を入れてきた。

リディくんに操られた辺境管理官がフラフラと管理官専用端末へ近づいていき、何かの操作をすると、エフィドルグ船はゆっくりと進路を変え始めた。

「よし、リディ、後は任せる」と剣之介が宣言すると、宙兵隊員たちは頷いて踵を返した。

部屋を出ていく剣之介の姿が、隠し通路の途中で止まった。

ふと何かに気づいたかのように扉を開いた剣之介が、別の部屋へと入っていった。

あの部屋のことは知っている。辺境矯正官を「印刷」する部屋だ。新しいムエッタの印刷途中を見てしまった嫌な記憶が蘇った。

「この部屋はなんだ……？」と剣之介。

「辺境矯正官を作る部屋だよ」とわたしが言うと、マナがリディくんに伝え、リディくんから剣之介に伝わったようだった。

しばらくして、「そうか」と言った剣之介が、不思議そうに首を捻っていた。

「……これが、人を作る機械なのか」

剣之介は戸惑いながらも、人を印刷する３Ｄプリンターをじっと見つめていた。

「ハウゼン博士から、可能なら３Ｄプリンターを持ち帰ってほしいと要請がありました」とマナ。

いやいや、先生、そんな暇はありませんから。

剣之介も同じ結論に至ったようで、「引き上げだ！」と言って、部屋を出ていった。


〈くろべ〉と六一七三号は、向きを揃えて星系の外へと向かって加速を始めた。

おかしな動きをし始めた〈くろべ〉と六一七三号に、矯正執行官や近隣のエフィドルグ船の辺境管理官から説明を求める通信が何度となく入った。

そのすべてに無視を決め込むと、「ただごとではない」とようやく察したエフィドルグは近隣の船を〈くろべ〉に向け始めたが、最大加速で離脱を計る〈くろべ〉に追いつける船はほとんどいなかった。

唯一、一万㎞圏内にいたエフィドルグ船が近づいてきて、〈くろべ〉にトラクタービームを放った。トラクタービームの有効射程は、約一万㎞だ。この事実は地球でのテストで確認されていた。

だが、〈くろべ〉に向けて放たれたトラクタービームは、並走する六一七三号が盾となって遮ったために〈くろべ〉に届くことはなかった。六一七三号は照射されたトラクタービームを打ち消すようにトラクタービームを放った。完全に中和されたトラクタービームは、ただの光の筋として宇宙を緑色に照らすだけの効果しか出せなかった。

六一七三号を乗っ取る前に計算した結果、最大加速をする〈くろべ〉にトラクタービームを届かせることができる船は、この一隻だけだということが分かっていた。

〈くろべ〉はトラクタービーム発生装置を積んでいない。遠距離からのトラクタービームの照射には対応できないのだ。だからこそ、六一七三号を拿捕して〈くろべ〉のエスコート役に仕立て上げたのだ。

加速しつつ無意味なトラクタービーム照射を続けていた追っ手のエフィドルグ船が、進路を変え始めた。

リディくんが操る六一七三号が、じわじわと近づき、衝突コースを取ったからだ。

六一七三号は進路を変えたことで、もう〈くろべ〉に随伴することはできない。〈くろべ〉も六一七三号のおかげで、足を引かれることなく最大加速を続けることができた。第二惑星の衛星軌道上に展開するエフィドルグ船で、〈くろべ〉に追いつける船はもう一隻もいなくなった。

〈くろべ〉の追跡を断念した他のエフィドルグ船は、乗っ取られた六一七三号を取り戻そうと、わらわらと寄り集まってきた。

一斉に多方向からトラクタービームの照射を受けて足を止めそうになった六一七三号は、ここで「自爆シークエンス」に入った。

六一七三号を取り囲んでいたエフィドルグ船たちは、蜘蛛の子を散らすように慌てて進路を変えて遠ざかっていった。

マナタの正面モニターに、今となっては見慣れてしまった赤いお札が一枚だけ表示された。反物質炉の自爆警告だ。距離が遠いので、一枚しか出ないのだろう。

もっとエフィドルグをひきつけてから自爆させられたらよかったのだけど、第二惑星に近すぎた。六一七三号は、遠ざかるエフィドルグ船を尻目にどんどんと加速していった。このまま行けば、第二惑星に影響の出ないところで自爆できるだろう。

「作戦は、完全に成功ですね」とマナが弾んだ声で言った。

わたしは息を吐きながらセンターコンソールに体重を預けた。

「こんなうまくいくなんてねえ……」

このまま〈くろべ〉が加速し続ければ、エフィドルグに追いつかれることなく、射手座26星系を脱出できるのだ。

せっかく知り合えたフラウトの人たちを見捨てていくような気がして、後ろ髪を引かれる思いはある。それでも、〈くろべ〉一隻が残ったところで何もできないだろうし、エフィドルグの真の狙いを知っているのはわたしたちだけなのだ。なんとしても、射手座x1――デオモール星系に辿り着かないといけない。

今回の作戦は、剣之介が考えたものだったのだけど、わたしの想像以上に周到なものだった。六一七三号を奪って盾にするという基本計画。各状況ごとでの、失敗したときのプランBの策定。状況の推移を読み切った部隊の展開と配置。

とても、「あの」剣之介が考えたとは思えない。でも、それはわたしの時計が遅れているだけなのだとも分かってはいる。

実は二〇七歳の年の差は、わたしが思っている以上に大きいのかもしれない。

「由希奈、少し厄介なことが判明しました」

パイロットスーツ姿のソフィが映った。

ソフィはまだガウスを降りていなかったようだ。

マナタの正面のハンガーに収まっているガウス一号機のコクピットハッチは閉じたままだ。中で何かをしていたのだろうか。

「第三惑星に向かっていた、エフィドルグの分艦隊五十隻のうち十隻がこちらに向かっています。ざっと計算して分かったのですが……確実に追いつかれます」

「え……？」

　話が違う、と思った。

「不運が重なった結果です」とマナ。

　正面モニターに、モデル映像が映し出された。

　射手座26星系の簡単な略図だ。

　第二惑星から脱出する〈くろべ〉の航路と、第三惑星に向かっていた五十隻の航路が表示されている。それぞれの向きはまったくの逆方向に向いている。

「五十隻の分艦隊は、第二惑星の陰に隠れていたために、〈くろべ〉から観測できませんでした。それでも、第二惑星を離れるときのベクトルは確認できたので、そのベクトルを元に予想航路を組み立てたのです」とマナ。

「ですが、フラウト一番艦を沈めるために、分艦隊は大きくベクトルを変更していたのです。その後のベクトルは第二惑星の陰で確認できませんでした」とソフィがマナの後を受けた。

　モデル映像の中の五十隻の航路が新しく表示された。当初の予想航路から、大きくずれている。

「そして、〈くろべ〉は恒星を使った加速スイングバイをするため、星系中心方向に舵を切っています」

〈くろべ〉の航路は恒星の後ろをかすめて、恒星の北極側である銀河公転方向に抜ける線を描いていた。

その〈くろべ〉を追いかけるように、エフィドルグの五十隻の分艦隊から別れた十隻が大きなカーブを描いていた。

射手座26星系の公転面からかなり離れた点で、〈くろべ〉と十隻がぶつかった。

進む距離は、エフィドルグ船十隻のほうがかなり長い。それでも追いつかれるのだ。

「……向こうの方が速いんだね」

とわたしが言うと、ソフィは頷いた。

「その通りです。五十隻の分艦隊はすでにかなりの速度が出ていたのです」

簡単な理屈だ。同じエンジンなので、ゼロスタートなら先に走り出したほうの勝ちだ。でも、すでに速度が乗っている相手からは追いつかれてしまう。

一〇Gでひたすら加速したとしても、最高速度である光速の九九・九九九％に達する頃には、四十三光年とちょっと進んでしまう。船の速度が上がるにつれ、どんどんと速度の上昇量が小さくなっていくからだ。要するに、射手座*x1*までの距離では、〈くろべ〉もエフィドルグ船も最高速度に到達しない。

だから、初期速度が効いてくる。速度差が、距離を埋めてしまうのだ。

〈くろべ〉は星系を脱出するための最短かつ、最速ルートをすでに取っている。今以上に速度を上げることはできない。進路を変えたところで、加速スイングバイを捨てることになるので、ますます速度差が大きくなるだけだ。

「接触予想時刻は、六日と二十一時間後です」

とマナが冷静に報告した。

◯

剣之介が白いエプロンをして、鍋をかき回していた。

白いお椀形のテントの前で、ダッチオーブンのようなゴツイ鉄の鍋を焚き火にかけている。すぐ向こうの森の木立の間に、黒と赤の色をしたグロングルの脚っぽいものが見えていた。クロムクロなんだろうな、と思った。

そういえば、剣之介とキャンプなんてしたことなかったな。

あ、一度だけあったっけ。嫌な思い出だから頭が記憶を再生することを拒んでいるような気がするけど、たしか夏休みに研究所で訓練と称した酷いシゴキを受けたはずだ。そのときに山の中でみんなで焚き火を囲んだのだ。蛇の丸焼きを食べさせられそうになったのには辟易したけども。

鍋をかき回していた剣之介が鍋からお玉を引き上げて、小皿に中身を少し入れた。

味見をした剣之介は、顔をしかめた。

「……足らぬ……まるで足らぬ」

とってもお気に召さない様子だった。

顔を上げた剣之介と、わたしの目が合った。

「由希奈、クミンとコリアンダーがないのだ。なんとかならぬか？　いっそカレー粉でもいい」

剣之介が宙兵隊みたいなことを言い始めた。

わたしはボンヤリとした気分で答えた。

「それなら、どっちも一トンぐらいあるよ」

「そんなにはいらぬ……しかし、どこで手に入れたのだ？」

「エヌヌに貰ったんだあ」

剣之介は意外そうに目を見開いた。

「ほう……ユ士族の族長か。息災であったか？」

「うん、元気なお婆ちゃんだったよ。でも……置いてくるしかなかったんだ……」

エヌヌだけではない、フラヴトの人はみんな第二惑星に置き去りだ。脱出できたのは〈くろべ〉に乗り込んでいたリララだけだろう。

剣之介はわたしの目をまっすぐと見据えて、

「そなたが気に病むことではない。エフィドルグと戦う者は、皆どこかで覚悟をしておるものなのだ。いずれ、俺たちが救い出す。そう信じるのだ」

「うん……」

わたしが頷くと、剣之介は柔らかな笑みを浮かべて鍋に塩っぽい調味料を振りまいた。

「そなたが来た時に、俺の作った宇宙カレーを食わせてやろうと思っておるのだが、肝心の香辛料がな……だが、そなたが持ってきてくれるというのなら、そのときこそ完成というわけだ」

と言いながら、どこか楽しそうに剣之介は鍋をかき回していた。

カレーなら、〈くろべ〉で作ればいいのに。

わたしはそんなことをボンヤリと思った。

○

「……ていう、夢を見た！」

炬燵の天板を挟んで日の前に座るソフィが呆れた顔をわたしに向ける。

「剣之介と宙兵隊が混ざっていませんか……？」

「うん、わたしもそう思った。でも夢だしねえ」

とわたしが言うと、右隣に座る剣之介がくつくつと笑った。

「そなたは、本当にカレーが好きなのだな」

「アンタが言うな！　ていうか、カレー作ってたのアンタだし！」

向かいに座るソフィが噴き出した。

左隣に座る茂住さんも、ふっと笑った。

茂住さんは、ハウゼン博士謹製医療用ナノマシンでかなり回復したそうだけども、まだ完治にはほど遠いらしい。歩くだけでもかなりの苦痛があるはずだとハウゼンは言っていた。それでも、茂住さんにとっては、ソフィの傍らに仕えることができないことのほうが耐えがたい苦痛なのだ。

ソフィも茂住さんの気持ちは理解しているのだろう。「無理をするな」とか「これはやらなくていい」みたいな、労る言葉を一切吐かない。徹頭徹尾、普段通りなのだ。なんというか、この二人は筋金入りだ。

それでも、茂住さんが元気になってくれてよかったと思う。茂住さんを失ったソフィとか、ちょっと想像したくない。

実際、ハウゼンの作った医療用ナノマシンは素晴らしいものだった。〈くろべ〉の人を何人も救っている。そのナノマシンは、剣之介やムエッタの体にいたものを改良というか、理解できる範囲で再現したものだ。エフィドルグのナノマシンのように不老不死をもたらすものではない。身体の損傷を修復し終えると、さっさとお役御免になって体外に排出される、とてもスマートなものだ。逆に言えば、ハウゼンの能力をもってしても、エフィドルグのナノマシンを完全再現はできなかったのだ。今でもハウゼンは、不老不死をもたらすナノマシンの解明に取り組んでいる。ちなみに助手として、レティがついていていたりする。やっぱり似た者同士なのかもしれない。

ソフィはひとしきり笑った後、愛用の湯呑みを傾けた。

湯呑みの中身はお茶ではなく、日本酒だ。

上泉艦長が、ちょっとした同窓会への差し入れとして秘蔵の一本をくれたのだ。

「追っ手に追いつかれるまで、たっぷり時間はあるんだ。今しかできないことをやっておくべきだぞ。これは年寄りからのアドバイスだ」と、なんだか近所のお爺ちゃんみたいな物言いをして、一升瓶を手渡してくれた。

なので、炬燵の天板の中央には、一升瓶が屹立している。

わたしは飲み過ぎると頭が痛くなるのでチビチビ。ソフィは蟒蛇なので水の如く。茂住さんはソフィに合わせつつ血の巡りが良くなりすぎて傷が開かないよう慎重に。剣之介はというと、しっかりと味わいながらも、ソフィに劣らず水の如く飲んでいた。

ソフィが剣之介に訊いた。

「実際、地球を出てから、カレーを作ろうとしていたのですか?」

剣之介は頷いて、

「もちろんだ。行く先々で、様々な香辛料を試したものだ。由希奈の見た夢は間違いではないぞ。やはり、クミンとコリアンダーの代わりとなる香辛料は見つけられなかったのだ」

「へ～、銀河広しといえど、香辛料ってあんまりないんだねぇ」

とわたしが言うと、剣之介は様々な星の話をしてくれた。

実は地球やフラウトのように、自然に恵まれた惑星は珍しい方なのだという。たいがいが、暑すぎたり寒すぎたり、水が少なかったり多すぎたりなのだそうだ。

そうして、剣之介の長い長い昔語りが始まった。実に、二一四年もの長き歴史の物語だ。

地球の〈枢〉をくぐった先、射手座*x1*――デオモールでのエフィドルグ矯正艦隊と解放軍の艦隊決戦。決戦に勝利してからのデオモール解放の戦い。そして、フラウト解放に至るまでのいくつもの星での戦い。

そういえば、解放軍がエフィドルグ矯正艦隊をやっつけたのだから、地球に矯正艦隊が向かうことはないと思うのだけど。

そのことを剣之介に聞くと、剣之介は「矯正艦隊との戦いの後、矯正艦隊が地球に向かうことはもうない、とゼル殿が通信を飛ばしたはずだ」と言った。

「その電波と〈くろべ〉は途中ですれ違ったのですね」とソフィ。

〈くろべ〉で受信できなかったのは、かなり精密に太陽系に照準を合わせた指向性の強い電波を飛ばしたからなのだろう、ということになった。

そもそも、〈くろべ〉は地球から、まっすぐ射手座*x1*に向かったわけではなかったのだ。太陽系を出る前に火星に寄って基地設営のための資材投下を行ったり、アステロイドベルトで斥力衝角のテストをやったり、木星以遠の惑星に監視衛星を投入したりで、かなりウロウロしていた。さらに、太陽系に最も近い恒星系であるケンタウルス座αに探査衛星を「捨ててくる」という寄り道をしたのだ。どうせ銀河中心方向に向かうのだからついでに、ということだった。

剣之介の言葉通りなら、ゼルさんが発した信号は、すでに地球に届いているはずだ。無駄に軍拡とかしていなければいいんだけど。

剣之介は昔を懐かしむような優しくも儚げな笑みを浮かべた。

「……人の身には長すぎる時間だった。戦いに明け暮れる俺の心は何度も己を失いかけた。だが、そんな俺を支えてくれたのは、そなたとの約束。そなたへの想いだった。片時もそなたのことを忘れたことはなかった」

わたしの目を見て剣之介はそんな言葉をさらりと言ってのけた。

「ちょっ……！」

わたしは飲みかけのお酒を喉につっかえて咽てしまった。

ソフィも茂住さんもいる前で、なんてことを口走るのだ、この男は。

「……ア、アンタ、そんなこと言える男だった!?」

「いつの話をしておるのだ？」

と言った剣之介は、余裕の笑みを浮かべた。

「くうう……！」

見た目は高校時代と少しも変わっていないせいで、ついつい油断してしまう。あまつさえ、今のわたしから見ると「年下」にさえ見えてしまう。でも、この男は二三一歳なのだ。

自分の頬が赤くなっているのが分かる。お酒を飲んでいるのもあって、鼓動の早さは今まで経験したことがないほど早くなっている。

とても嬉しい。嬉しいけども、それ以上に恥ずかしい。ソフィはここぞとばかりにニヤニヤしている。まるで、ここでニヤニヤしないで、どこでするのだと言わんばかりにニヤニヤしている。こんな顔もできるんだと新たな発見をしたけども、ちょっとわたしの心臓の心配もしてほしい。ちなみに茂住さんは、さすがのポーカーフェイスだった。

「あら、由希奈、顔が赤いですね。暑いですか？　炬燵の温度を下げたほうがいいかもしれませんね」とソフィがダメ押しをしてきた。

そうだった。この子、ドSだった。高校時代はあまり顔を見せなかった部分だ。ある意味、親しくなった証ではあるのだけど、時と場所を考えてほしい。でも、今以上のタイミングはないとも思える。

「……咽て赤くなっただけだし！」と、わたしは悪あがきをした。

「由希奈は可愛いな」

剣之介が笑いながら、またさらりと言った。

「‼」

わたしは恥ずかしいわ、心臓の音がうるさいわで、何も言えなくなってしまった。

なんなのだこの男は。そんなにわたしを茹で蛸にしたいのか。あとで折檻してやる。

顔を赤くして頬を膨らませたわたしを見て、剣之介とソフィは楽しそうに笑った。

そんな笑顔されちゃったら、わたしも笑うしかないじゃないか。

「もう……」

みんなでひとしきり笑った後、剣之介はエフィドルグに捕まった時のことを語り出した。

「エフィドルグは、クロムクロに気づいたのだ。二〇〇年もの長きにわたり辛酸を舐めさせ続けた、俺とムエッタの存在に気づいたのだ」

剣之介の表情はどこか暗い。自分が調整されたことで、様々なことが引き起こされただけに、責任を感じているのだろう。

ふと思った。剣之介とムエッタだけなのだろうか。

「ねえ、剣之介、ゼルさんは？」

「デオモールの解放を成し遂げた後に、亡くなられた」

「……そっか。寿命だったの？」

剣之介は頷いた。

「せめてもの救いであったと俺は思う。エフィドルグにすべてを奪われた人ではあったが、故郷で天寿を全うできたのだ」

ゼルさんは、故郷で死ねたのだ。剣之介が〈枢〉をくぐった甲斐があったと思う。ムエッタにも、偽りとはいえ故郷の空を見せてあげられたのだ。

剣之介は遠くを見るような目をして、

「デオモールから遠く離れた星を解放しているさなかであった。単艦で偵察に来たエフィドルグ船を捕捉したのだ。俺たちはその船を拿捕すべく、クロムクロで解放軍の戦士と共に乗り込んだ。しかし、辺境管理官を追うさなか、俺とムエッタは分断されてしまった。どこか慢心があったのだろうな……単独で辺境管理官を追っていた俺は、傀儡の群れに囲まれ捕らえられてしまったのだ」

長すぎる戦いの経験と、変わり映えしないエフィドルグの行動が、その油断を生んだのだろう。同じことの繰り返しは、人の思考を麻痺させてしまう。

「そうして、捕らえられた俺は、傀儡もろとも宇宙に打ち出された。打ち出された先に、別のエフィドルグ船が待機していたのだ。俺はそこでようやく気づいた。エフィドルグは、俺一人を捕らえるために船を一隻餌にしたのだ。それほど俺の存在が脅威であったということなのであろうが、まんまと罠にはまり、あげく調整を受けるという辱めを受けてしまった。弁解のしようがないほどの大失態だ……」

そう一気に語った剣之介は、大きく溜め息をついた。

剣之介の気持ちは分かる。

でも、わたしは、剣之介が生きていてくれただけで嬉しい。フラヴトの人の前では決して言えないだろうけども、それがわたしの本心だ。

「ムエッタはどうなったのです？」とソフィ。

剣之介は首を横に振った。

「分からぬ……ただ、ムエッタは解放軍の戦士と共にあった。多分無事であろう」

「そっか……無事だといいね」

とわたしが言うと、剣之介は視線を落として頷いた。

「ですが、今はこうしてかつての仲間と共にある。それだけで十分でしょう。よくぞ地獄から戻ってきてくれました」

そう言いながら、茂住さんは剣之介に一升瓶を向けた。

その眼には、ソフィやわたしに向けるものとは明確に違う色があった。かつての剣之介に今のような眼差しを向けたことはなかった。茂住さんと今の剣之介に、何か通じるところがあるのだろうか。

剣之介も茂住さんの言葉と表情に、何かを感じたようだった。

「そうだな……散っていった仲間のためにも、俺が振り返って嘆くわけにはいかんな」

剣之介はそう言って酒をあおり、茂住さんに頷き返した。

「なんだか、生意気ですね」とソフィが唐突に言った。

ソフィがうまいことを言ってくれた。わたしもそんな気分になっていたのだ。

剣之介が余裕の笑みを浮かべた。

「もう少し、年長者に敬意を払っても良いのではないか？」

ソフィやわたしの気分を察した上で、あえて意地悪く言ったのだろう。

「あー、生意気！」

わたしの言葉に、剣之介も茂住さんも笑った。


昔話に花を咲かせたわたしは、気がつけばしたたかに飲んでしまっていた。

ソフィと茂住さんは、さっき部屋を出て行ったような気がする。ちゃんと覚えていない。

ソフィが剣之介に何かを言っていたけども、よく聞き取れなかった。

痛む頭を炬燵の天板に乗せたわたしは、ぼんやりと剣之介を見ていた。

剣之介は柔らかな笑みを浮かべ、じっとわたしを見つめ返してくれる。

なんだか気恥ずかしくなったけども、頭を動かすのが億劫だ。このまま剣之介を見続けることにした。当の剣之介は、わたしに見つめられているというのに、余裕の笑みを浮かべて酒を飲んでいる。少しはお前も照れろ、と思った。

恋は惚(ほ)れた方が負け、と誰かが言っていた。美夏だったっけ。

わたしたちは、どっちが負けているのだろう。

間違いなく、わたしは剣之介に惚れている。剣之介はわたしに惚れているのだろうか。てか、さっきの剣之介の言葉を信じるなら、剣之介もわたしに惚れている。

ということは、どっちも負けていたのだ。

なんだか、頬が緩んできた。

「寒くはないか？」と剣之介。

頬を冷たい炬燵の天板につけたまま、わたしは答えた。

「大丈夫……板が冷たくて気持ちいい」

「そなたは、酒に強くなかったのだな」と言った剣之介は、ふふっと笑った。

照れ屋で唐変木のくせに生意気だと思った。

「剣之介がそんな酒飲みだなんて知らなかったなあ」

「昔はこうではなかったのだ……飲み過ぎるとすぐに正体を失って、床に転がっておったそうだ」

どこか遠い目をして、剣之介は言った。

「強くなったんだねえ」

と言ってから、わたしは気づいた。剣之介が纏い手になってしまったからだ。毒や異物を分解してしまうナノマシンがアルコールを分解しないわけはないのだ。

「そうとも言えるな……」

寂し気に呟いた剣之介の唇が酒に濡れていた。

「ねえ、剣之介……キスしよっか？」

自分の爆弾発言に、自分自身で驚いた。たまにはお酒を飲み過ぎるのも悪くないかも、と思った。

剣之介が咽た。

「……な、何を言っておるのだ？」

「えっと、キスわかんない？　んっとね……口吸い、って言うんだっけ？」

酔っ払いの戯言にしては上出来だ、と心の中で自画自賛した。このまま押し切ってしまえ、わたし。

「そそそ、そうではない！　酔っておるのだ、そなたは……！」

剣之介から余裕が消し飛んでいた。

これはいい。ちょっとばかり、というかかなりの年上だからといって生意気だった剣之介がしどろもどろだ。

「わたしは、剣之介が好きだよ？　剣之介は、わたしのこと嫌い？」

あえて言わす。

「……俺も、そなたのことは……好いておる……」

よし、言った。

なんだか、気持ちよくなってきた。

「あれ、剣之介、顔が赤いね。剣之介も酔ったのかなあ？」

「酔ってなどおらぬ！　い、いや、酔っておるな、これは……」

剣之介は、慌ててそっぽを向いた。

カワイイ。ちょっと惚れなおした。

案外、二〇〇年も生きてるのに、色恋沙汰の経験値は非常に少ないのかもしれない。侍レベルは二〇〇のくせに、恋愛レベルは一なのだ。もっとも、恋愛レベルの低さは人のことを言えないわけだけども。

わたしが想い描いていた予定とは違う方向性だけど、このまま剣之介を押し倒してしまおうか。それはそれで悪くない。

そんな不埒な考えが頭をよぎった。

ぐるぐると巡る煩悩のおかげで、頭の痛みはどこかに行ってしまっていた。

わたしは身を起こして剣之介に向きなおった。

すぐ近く。手を軽く伸ばすだけで触れられる距離に剣之介がいる。

炬燵の天板に両肘をついて頬杖をついた。さらに剣之介との距離が縮まった。

剣之介がこっちを向いた。剣之介の目が、わたしの目を覗き込んだ。

まるでブラックホールに吸い寄せられた星のように、ゆっくりと剣之介の顔が近づいてきた。

一瞬、剣之介の目が揺らいだ。

怖れ、戸惑い、それとも迷い。そんな色が見える。

「……できぬ」

そう呟いた剣之介の顔が遠ざかっていった。

ちょっと意外だった。恋愛レベル一のくせに、あそこから離脱できるとは思わなかった。わたしの魅力のシュヴァルツシルト半径が小さかったのだろうか。「暑くなっちゃった～」と言って、胸元でも開けておけばよかっただろうか。

理由を考えてみた。よくない想像が頭をよぎった。

「まさか……わたし以外の、誰かと……？」

剣之介は慌てて首を振った。

「そうではない。決して、そのような不貞を働いたことなどない……そなたを思わぬ日はなかったのだからな」

とても嬉しいことをさらりと言ってのけましたよ、この男は。

安心をしつつも、ちょっと腹が立ってきた。

じゃあ、なんだというのだ。

「まだ、この船はエフィドルグの追撃をかわしきれてはおらんのだ。そのような厳しい状況下で、かように浮かれたことはできぬ……そうなのだ、まだ脅威が去ってはおらぬのだ！」

ああ、コイツ、今思いついたもっともらしい言い訳をし始めたぞ。

なんだか冷めてしまった。

「……唐変木」

剣之介に何かが刺さったようだった。腹にパンチを食らったような顔をしている。

「……甲斐性なし」

さらに剣之介の顔が歪んだ。

これぐらいで許してあげよう。

それにしても、と思う。いったい、何が剣之介を踏みとどまらせたのか。何か心配ごとでもあるのだろうか。そうじゃないな。何か、迷っている感じがした。でも、何を迷うというのだろう。

◯

由希奈はソフィらと共に、〈くろべ〉の大会議室の席に座っていた。

各セクションの責任者が一堂に会するのは、射手座26星系に入る前以来だろうか。といっても、荒事の相談なので、科学者はハウゼンしかいない。

ちなみに、剣之介はわたしの隣に座っている。

ここ一週間弱の間に、様々なプランが提示されては、みんなで検証をするということを繰り返してきた。もちろん、追っ手のエフィドルグ船をどうかわすか、というとても大事なお話だ。

わたしはチラリと剣之介の横顔を盗み見た。

いつにも増して、真剣な表情でみんなの話を聞いている。

あの日以来、わたしは剣之介に事ある毎に粉をかけまくった。かけすぎて粉塵爆発するんじゃなかろうか、というぐらいかけた。にもかかわらず、剣之介は一向に乗ってこない。自分の魅力に軽く絶望しかけたけども、やはりあの日に感じた違和感は間違えていなかったと思う。わたしが嫌いになったとか、他に女がいるとか、そういう感じではない。わたしの誘惑にぐらついているのがミエミエだったからだ。

それでも、精神力を振り絞って悪魔の誘惑に抗う修道士のように、わたしに触れようとしない。なんだか自分が男を誑(たぶら)かす夢魔(サキュバス)にでもなったような気分だ。

もしかしたら、何か願掛けでもしているのかな、と思わなくもない。それとも、わたしに触れてしまったら、弱くなってしまうと思っているのだろうか。それとも、歯止めが利かなくなって、わたしに溺れてしまうとでも思っているのだろうか。確かに状況は厳しい。剣之介の言う通り、まだエフィドルグの手から逃れたわけではないのだし。

調整は完全に解けていると思う。

過去のことは何を聞いても、わたしの記憶と違いはなかった。地球を旅立ってからのことも、フラヴトで聞かされたことと差はなかった。クロムクロとムエッタのことは、本人も知らないのだから確認のしようがないし。

「この計画でいくしかないな」

と剣之介が言った。

剣之介のことばかり考えていて、話を聞いていなかった。

助けを求めて逆側に座るソフィに顔を向けた。

ソフィは先刻ご承知のようで、あえておさらいをするようなことを言ってくれた。

「まずは、密集隊形で近づいてくる追跡艦隊十隻の中心に位置する船を乗っ取り、周りの船にトラクタービームを照射。〈くろべ〉に追いつけない速度にまで減速をさせる。その後、ガウス隊をトラクタービームで〈くろべ〉に向けて射出する……で、よろしいですね？」

ソフィの視線を受けて、ハウゼンが答えた。

「問題ないはずです。ガウス程度の大きさであれば、エフィドルグ船のトラクタービームで〈くろべ〉を上回る加速を得られます。もちろん、グロングルでも大丈夫です」

リディくんがピポピポ言った。

たぶん、リディくんが計算したのだろう。「間違いない」と言っているのだ。

ちょっと安心した。

昨日まで話していた内容と変わっていない。今日は最終確認といったところなのだろう。

言葉で言うほど簡単な作戦じゃないのは分かっている。でも、やりきらないと、どのみち追いつかれて〈くろべ〉は袋叩きにあう。

上泉艦長が立ち上がった。

「諸君、この作戦は生き残りをかけた戦いだ。我々の後ろには地獄が口を開けて迫っている。なんとしても成功させてほしい」

みんなが頷いた。

「ちなみに、青馬くんからもたらされたエフィドルグの待ち伏せ作戦の詳細は、すでに射手座*x1*に向けて送信済みです」とハウゼン。

ハウゼンの空気を読まない発言に、みんなが苦笑いを浮かべた。

艦長も苦笑いを浮かべながら、

「というわけだ。なすべきことの半分はすでに達成されている。あとは、我々自身が生き残ることだ。命をかけて任務に当たってほしいが、命を散らせないでほしい。矛盾したことを言っているのは理解しているが……これは艦長からのお願いだ。みんなで射手座*x1*——デオモールの土を踏もうじゃないか」

みんなが立ち上がり、一斉に敬礼を返した。

後に引けない、失敗も許されない作戦の開始だ。

○

出撃を目前に控えたマナタのコクピットの中で、由希奈は隣に立つハライを見つめていた。

剣之介は随分前からハライのコクピットに入っている。作戦計画の入念なチェックでもしているのかもしれない。剣之介も不安なのだろうか。わたしももちろん不安だ。でも、宇宙に出る前はいつも不安だ。なので、「なるようになるさ」とノーテンキに構えて、深く考えすぎないようにしている。

最後の作戦会議の後、剣之介はハウゼンと何事かを話し合っていた。遠すぎて内容は聞きとれなかった。

剣之介の表情が微かに不安なものだったのが気になった。もしかしたら、何か変な病気にでもかかったのだろうか。

でも、ハライのコクピットに入る前の剣之介は、いつもの背筋の伸びた溌剌（はつらつ）としたものだった。ハウゼンにお薬をもらって元気になったのだろうか。案外、頭が痛いぐらいのことだったのかもしれない。

「ハライから、全機体に作戦の修正差分が送信されました」とマナ。

「何か問題あったの？」とわたしが訊くと、「問題というほどのものではありません。タイムスケジュールの微妙な調整だけです」とマナはすぐに返答した。

なるほど。実際にどう動くかを剣之介なりにシミュレートして修正を加えたのだ。だからハライにこもっていたのか。

「他に何か変わったことはある？」

「特には……個人的なことですが、ハライといっぱいおしゃべりをしました」

「へ～、ハライも話せるんだ」

意外だった。

剣之介もコクピットの中で、グロングルとおしゃべりしているのだろうか。

「話す、の定義がたぶん違うと思います……音声による会話ではありません。レーザーを使ったデータ通信です」

「ああ、そっか。それって人間の会話にしたら、何分ぐらいになるの？」

しばし沈黙したマナが、

「……約三四〇〇時間相当になります」

予想したものと桁が違いすぎて驚いた。

機械同士の会話は早すぎる。今にして思えば、リディくんもマナも、人間のゆっくり会話に合わせてくれていたのだ。

「生粋のグロングルとお話をするのは随分と久しぶりでしたので、とても楽しかったです。地球にいた頃は、他のグロングルとお話することはほとんどありませんでしたから」

やっぱり、地球に来ていたゲゾンレコ隊は、仲が良くなかったのだ。そのせいで、グロングル同士の対話もなかったのだろう。

ふと気になったことを聞いてみた。

「グロングル同士にも、相性ってあるの？」

「ある、と思います。グロングルの戦術システムは纏い手の影響を多分に受けるものですので」

なるほど。纏い手は育ての親みたいなものか。

「んじゃ、ハライってやっぱり侍っぽいの？」

「侍っぽい……の定義が曖昧ですのでなんとも言いかねますが、寡黙（かもく）な人です。余計なことは何も言いませんが、こちらの問いかけには誠実に答えてくれます。根が真面目なのでしょうね」

ちょっと可笑しかった。

誠実で真面目なグロングル。ある意味、剣之介っぽいと言えなくもない。

「グロングルってみんなおしゃべりなのかと思った」

無口なマナってちょっと想像できない。というか、あまり嬉しくない。

「子は親を見て育つものですから」

生意気なＡＩだ。よくよく考えると、ＡＩが「生意気」なのって、ちょっとすごいと思う。たぶん、わたしが育てたせいなのだろう。

「グロングルが人と対話する、ということそのものがレアケースだと思います。纏い手はグロングルに命令を出すだけです。意見を求めたりはしません」

「そういうもん？」

纏い手にとっては、グロングルはただの道具なのだろう。それでも、おしゃべりできるほどのＡＩが積まれているのなら、楽しい時間を共有したほうが双方にとっていい効果があると思うのだけど。

「わたしもそう思います」とマナがわたしのイメージを感じ取って同意してくれた。

「リララ、無理をする必要はありませんからね！」

スピーカーから、ソフィの声が聞こえてきた。外の音声を拾ったようだ。

向かいのハンガーには、ガウスがずらりと並んでいる。そのうちの一機、ガウス五号機の足元でソフィが声を張り上げていた。

五号機の機体を見ると、コクピットにリララのちんちくりんなパイロットスーツが収まろうとしていた。

少しでも戦力を拡充するために、急遽リララが五号機のパイロットとして抜擢されたのだ。本人の意思も大きい。宙兵隊からガウスパイロットを補充しようという話はあったのだけども、そもそもガウスの基礎訓練すら行っていない状態では、すぐに乗せるわけにはいかなかった。対して、リララは「着ぐるみ」の操縦経験があったのだ。実戦こそ経験していないものの、フラヴト宇宙軍で訓練を受けていたのだという。何より、着ぐるみと繋がるための頸椎(けいつい)インターフェイスを持っていたのだ。

　リララによれば、「最近になって、ようやく女性の纏い手が認められるようになった」らしい。フラヴトでは戦いは男のものという認識が根強く、女性が前線で戦うなどもってのほかだったという。それでも、長い戦いの果てに男の数が激減してしまい、背に腹は代えられぬという理由で、最前線に女性が出るようになったのだという。「男たちの屍の上に、私たちが立っているのだと考えると複雑な気分ですけど……エフィドルグを倒さなければならないという気持ちは、女だって同じぐらい抱いていますから」とリララはカレーを頬張りながら言っていた。

　ガウスも着ぐるみも、操縦システムはグロングルと大差ない。基本は思考コントロールのようなものだ。厳密に言うと違うらしいのだけども、わたしには違いがよく分からない。でも、ガウスは地球人に合わせてあるので、リララが乗った最初はウンともスンとも言わなかった。それでも、頸椎インターフェイスとマナの的確な翻訳、リディくんの調整のおかげで、すんなりとガウスとリララの接続が完了した。頸椎インターフェイスのおかげか、レスポンスは地球人よりもいいそうだ。ちなみに、ガウスは頸椎インターフェイスの代わりに、ヘルメットがその機能を受け持っている。だから、ガウスはヘルメットを被らないと動かせないのだ。

　すごく小柄なリララだけど、ガウスのシートは調整幅が大きい。二一m超えの大男から、一四〇センチのロリっ子まで幅広く対応できるのだ。下限が相当に低いのは、ソフィのおかげだ。研究所時代のソフィはかなり小柄だったせいで、ガウス・マーク４になってもシートの調整幅は大きく取られていた。周りの予想を超えてソフィが育ってしまったので、その機能は半ば無駄になってしまっていたけども、ここにきて大いに役に立った。シートを設計した人も、まさか異星人を乗せることになるとは、夢にも思わなかったろう。ちなみに、リララのパイロットスーツは、〈くろべ〉の優秀すぎるプリンターがちゃちゃっと印刷した。

ガウス五号機のコクピットに収まったリララから通信が入った。

「こちら、ケ・リララ……受信できてますか？」

正面モニターに映ったリララは、頭の半分しかフレームに入っていなかった。前のパイロットだったクリスの身長に合わせていたせいだ。ふといなくなってしまった人の顔が頭をよぎった。

スピーカーから、ロイの爆笑が聞こえてきた。

「ロイ……」とソフィが嗜める声を出した。

「……いや、すまんすまん。クリスの野郎が無駄にでかかったからな。しょうがねえよ。にしても、こんなカワイイ子に乗ってもらうんだ、クリスの奴もあの世で喜んでますよ」

とロイがフォローしているのか、口説いているのか分からないセリフを吐いた。

ガウス隊のみんなが一斉に笑い、釣られてリララも少し笑った。

「皆さんの足を引っ張らないよう、全力を尽くします」

とリララが言うと、ガウス隊のみんなから暖かい言葉を受けていた。

「足は引いてもいい」「俺たちがフォローする」「心配しなくていい」「死ななきゃ問題ない」

「大丈夫ですよ、リラさん。チームで支えます」と茂住さんがリラを安心させるようなことを言った。

そもそも、茂住さん自身、傷は完治していないはずなのだ。ハウゼンによれば、ガウスの慣性制御機構が吸収できないほどの高G機動をしなければ、傷が開くことはないだろうと言っていた。でも、痛みは別だ。薬でごまかせるとはいえ、それにも限度がある。

「まずは生きて帰ることだけを考えてください」とソフィが総括することを言った。

この辺はやっぱりチームなんだな、と思う。

「ハライから通信が入っています」とマナ。

剣之介からだ。なんだろう。

「どうしたの、剣之介？」

正面モニターに辺境矯正官の鎧を着た剣之介が映った。剣之介用のパイロットスーツなんか〈くろべ〉にないのでしょうがないんだけど、やっぱり違和感がある。剣之介も印刷してもらえばよかったのに。とはいえ、パイロットスーツとしても、宇宙服としても、防護服としてもエフィドルグの鎧は人類の作るものに比べて格段に性能が上だ。剣之介の安全を考えればベストなのだ。でもやっぱり、ちょっと抵抗がある。

一瞬言いにくそうにまごついた剣之介が口を開いた。

「……由希奈、この作戦が成功し、戻ってこれたなら……そなたに話したいことがある」

話したいことって何だろう。

こんなにかしこまって言うほどの何か……とまで考えて、心臓が大きく跳ねた。

「それって……」

「剣之介、それはフラグですよ。もったいつけてないで、今ここで言うべきです」とソフィが割り込んだ。

「え……⁉」

「ガウス隊の標準周波数ですので、皆さんに聞かれています」と冷静なマナの報告。

「ちょ……」

わたしの動揺などお構いなしで、ガウス隊のみんなが冷やかした。

「フラグって何だ?」「出撃前のお約束だろ」「死亡フラグって言うらしいぜ」「確かにな。こういうこと言うやつって、たいがい帰ってこねえよな」

ちょっとやめてください。大事な作戦前なのに、わたしのＨＰを削るのはやめてください。だいたい、フラグなんて言葉、文脈も含めて通じるのは日本人のごく一部だけだ。ソフィはフランス人だけど、日本に毒され過ぎてるし。

「……それはできぬ」

何やら深刻に受け止めた剣之介が、苦し気に言った。

うん。そうだよね。ここで言えないよね。ちょっとは言ってほしいけど。

「どうしても言えないというのなら……皆で生きて帰るしかありませんね」

とソフィが笑いながら言った。

「その通りだな」と剣之介。

ガウス隊のみんなも頷いた。

もちろん、わたしも頷いた。

「だね！」

○

ハライとマナタが〈くろべ〉から射出された。

マスドライバーから飛び出した瞬間、由希奈はマナタの重力スラスターを全開にした。

それでも、一〇G加速する〈くろべ〉にじわじわと追いつかれる。

宇宙の戦いにおいては、最も速く加速性能が高いのは、大きい船だ。瞬発力なら質量の小さなグロングルのほうが上だ。それでも、ガウスにせよグロングルにせよ、どんなに頑張っても一〇G加速なんてできない。単純にエンジンの大きさ勝負になるからだ。だから、宇宙で空母という船種は成立しないのだ。呼称上、グロングルもガウスも艦載機となってはいるけども、地球の空母にのっかっている飛行機とは意味合いが違う。どちらかと言えば、「斬り込み要員」なのだ。重力シールドのせいで宇宙の戦いは紀元前の戦いに戻った、と言っていたのは上泉艦長だったか。

続いて、〈くろべ〉からガウス隊の十機が射ち出された。マナタやハライよりも速度が控えめなのは性能上いたしかたない。

事前の打ち合わせ通り、マナタとハライが軌道を変えた。こちらを追いかけるようにガウス隊もついてくる。

〈くろべ〉の重力推進機関が生成した反重力場のせいで、機体が外に流されていく。

「エフィドルグ船、十隻を確認しました。」とマナ。

正面モニターに、こちらに向かってくるエフィドルグ船の群れが映った。

もう随分と前から見えてはいたけども、速度差が小さいのでぐんぐん迫ってくる感じはない。それでも、あと数時間の後には〈くろべ〉をトラクタービームの有効射程である一万km圏内に捕らえるのだ。

「よし、作戦の第一段階、開始だ」と剣之介からの通信が入った。

「了解」とソフィからの応答。

「それでは、始めますね」とマナが言って、マナタが動き始めた。

後方から追いついてきたガウスが、マナタに向かって青く輝く薙刀を振り下ろした。

マナタはガウスの斬撃を受け、返す刀でガウスの胸のあたりを軽く撫でた。ちょっと火花が散ったけど、ガウスに大きな損傷はない。

それでも、ガウスは機能を停止したかのように、一切の動力を失って宇宙を漂い始めた。

遠目に見れば、マナタがガウスを撃破したように見えるだろう。

もちろん、これは追跡しているエフィドルグ艦隊に見せるためのお芝居だ。

第一段階は、完全プログラムの自動制御だ。わたしは何もすることがない。

細かな演技指導が入ったおかげで、ＡＩに任せることになったのだ。振り付けは剣之介とソフィ。実際に動かすのはマナであリリディくんだ。

遠くから見ると、ハライとマナタが追いかけてきたガウスをバッタバッタと斬り倒し、逃げてくるように見える……らしい。

「こちらは、辺境管理官代理の青馬剣之介時貞である。蛮族の反撃に遭い、船を追われることとなった。回収を求む」と剣之介がエフィドルグ基本通信で、エフィドルグに呼びかけた。

こんなハッタリ通じるのだろうか。

「通じなくとも、筋は通っていますので、エフィドルグは判断に迷うと思います」とマナ。

確かに、状況としてはおかしな動きを始めた〈くろべ〉の内情は一切エフィドルグに漏れていない。外から観察しているだけなら、剣之介が裏切ったのか、反乱が起こって船を取り戻されたのか、判断はつかない。

しばらくたっても、エフィドルグ船からの応答はなかった。

「……届いてないのかな？」とわたしが言うと、「ありえません。暗号化していない基本通信ですし、この距離です。確実に受信しています」とマナが答えた。

辺境管理官はまだ迷っているのだろうか。

返答がないまま、エフィドルグ船がじわじわと近づいてきた。

正面モニターに表示されているエフィドルグ船との距離は、一万㎞と少々。

このまま返答がなかったらどうするのだろう、そう思い始めた頃エフィドルグ船から応答があった。

「分艦隊を預かる、第五三七七号の辺境管理官である。青馬剣之介時貞、貴様には反乱の疑いがかかっている。だが、状況を見るに、貴様の言う通り蛮族の反抗があったとも考えられる。貴様にはいくつか確認を取らねばならない」

「ははっ、何なりとお聞きください」と剣之介は恐縮したフリをしている。

「貴様は、奪った船から追われたと言ったが、何故反乱を防げなかったのだ？」と辺境管理官。

「制圧したと思った船に、蛮族が隠れ潜んでおったのです。恥ずかしながら、その蛮族共に船の制御を奪い返されてしまいました」

「……貴様が船を奪ったと通信をしてきた時は、確かに船を乗っ取っていたのだな？」

「はい」

「では、第二惑星軌道上の六一七三号を襲撃する直前に、貴様たちは船を奪い返された、ということか？」

「その通りであります」

辺境管理官が「ふうむ」と唸った。

剣之介と辺境管理官の遣り取りをモニターしているわたしはハラハラしっぱなしだ。

「何故、蛮族共は船が乗っ取られるという危機に瀕しているにもかかわらず、隠れるなどということをしたのだ？」

「それは……分かりかねます。しかし、辺境矯正官と正面からやりあえるほどの人数ではなかったからでしょう」

ちょっと苦しいな、と思った。

案の定、辺境管理官は黙り込んでしまった。

「…………」

その表情は銀ピカの兜のせいでまったく分からない。

「ハライから、レーザー通信です」とマナ。

「このままではいずれボロが出る。先手を打つぞ。ガウス隊は当初の予定通り、グロングル格納庫を襲撃してくれ。山希奈、俺とそなたで先行して斬り込む。良いな？」

確かに、今の話の流れだと、嘘がバレそうな気がする。

「うん、分かった！」

予定とは違うけども、どのみち行動を起こせば早々にバレるのだ。先手を打って一気にケリをつけるという指針に変わりはない、ということなのだろう。

「よし、行くぞ！」

剣之介の掛け声と共に、ハライが方向転換した。

そのときだった。目前に迫ったエフィドルグ船から、緑色の光の筋が伸びてハライを包み込んだ。

「何……!?」

剣之介の呻き声が聞こえた。

トラクタービームだ、と気づいたときにはハライはエフィドルグ船から離れる方向へと押し出されていた。

「ハライがトラクタービームの照射を受けて、エフィドルグ船の進路上から排除されようとしています！」とマナ。

マナの言葉が終わる前に、コクピットが緑色に染まった。

「これって……」

「この機体も、トラクタービームの照射を受けました。ハライと同じように進路上から排除するようです」

「マズくない……？」

「危機的状況です。グロングルの重力制御能力では、トラクタービームから出られません」

ソフィの鋭い声が聞こえた。

「一号から五号はターゲット一番、六号から十号はターゲット二番！　ロックが完了次第、直ちに発射！」

正面モニターに映るエフィドルグ船の二箇所に赤いマーカーが付いた。

遥か後方でデブリのフリをしていたガウスから次々とAGGCM——対グロングル重力子相殺ミサイルが発射された。

「ガウス隊を二つに分けます。ガウス3から6は私に、ガウス7から10はセバスチャンに。スクラムを組んで由希奈と剣之介を回収。エフィドルグ船に突入します！」

ソフィの矢継ぎ早の指示に、ガウス隊の面々は一斉に「了解」と叫び、デブリのフリをやめて重力スラスターを展開した。

「あ……えっと……」とリララが戸惑っている声が聞こえた。

「リララはガウス5！　私の後ろにつきなさい！」とソフィ。

「はい！」

リララのガウスは、グロングルのようにパイロットの心理状態を表出していた。慌てながらもすぐさま重力スラスターを開いて、ソフィの後ろにくっついていた。レスポンスがいいというのは、本当らしい。

「トラクタービームの発射口に、ＡＧＧＣＭが命中します」とマナ。

なるほど、ハライとマナタを遠くへポイする怪光線の蛇口を閉めるためにＡＧＧＣＭを撃ったのだ。

出鱈目に軌道を変えていたＡＧＧＣＭが、吸い込まれるようにエフィドルグ船に殺到した。

チカチカと船体表面に光が明滅した。グロングルを一撃で木っ端ミジンコにするミサイルでも、一キロクラスの船からすればネズミ花火程度だ。

それでも、トラクタービーム発射口は破壊できたようで、ハライとマナタを包み込んでいた緑色の光が消え去った。

「由希奈、全開で行きますよ！」

正面モニターにソフィが映ったと同時に、機体に軽い衝撃が伝わってきた。

「ガウス五機と接触しました。推力全開でエフィドルグ船に向かいます」とマナ。

マナタの周りをガウス五機ががっちりと固めていた。

「こんなに大勢と触れ合うのは初めてです。なんだか心躍りますね」

とマナがＡＩらしからぬ物言いをした。

マナタの重力スラスターが展開して、最大出力で反重力場を展開した。

マナタとガウス五機の推力が合わさって、ものすごい勢いで加速し始めた。

「マナ、減速タイミングは任せます」とソフィ。

「お任せください」

たしかにこのまま突っ込んだら、船体にチューする。というか、相対速度が高すぎて、重力シールドがお仕事をしてしまうだろう。

剣之介のハライも、茂住さんに率いられた五機のガウスに取り囲まれて同じようにエフィドルグ船に向かっていた。

今頃、エフィドルグ側は大慌てだろう。トラクタービームで深宇宙に放り出そうとしたグロングルが、デブリだと思っていたグロングルもどきとスクラム組んでこっちに突っ込んでくるのだから。

「切り捨てたのだな。エフィドルグらしいといえば、らしいが……」と剣之介の独り言のような声が聞こえてきた。

ハライもマナタも弾き飛ばそうとしたということは、エフィドルグは剣之介もその他の辺境矯正官も「いらない」と判断したということだ。エフィドルグに裁判なんてものがないだろうことは分かっているけども、あくまで「疑惑」だったはずだ。

なんだか、引っかかる。

〈枢〉を開くまでの待遇と、切り捨てるときの呆気なさに違和感を感じる。

せっかく船を一隻囮にしてまで捕らえた剣之介を、あっさり捨て去る理由は何なのだろうか。エフィドルグには「もったいない」という精神はないのだろうか。なさそうな気がする。

「減速開始します」とマナ。

気がつけば、エフィドルグ船が等倍で目視できるほどの距離に近づいていた。

「もはや搦め手は無しだ。正面から乗り込む！　割り当ては、事前計画のままでいく」と剣之介。

ハライとマナタにガウス十機。しめて十二機を六つのペアに分けて、指揮官機が収まっているグロングル格納庫へ向かうという計画だったのだ。辺境矯正官が乗り込む前にグロングルを破壊するのだ。それでも、時間的にはギリギリだろう。もしかしたら、辺境矯正官が乗り込んだ直後の指揮官機と戦うことになる。

視界に大きなエフィドルグ船が入ってきた。黒い船体が宇宙を覆いつくす壁のように迫ってくる。

そろそろ重力シールドの作動圏内に入るはずだ……と思ったら、「減速完了」とマナが報告した。さすがに良くできた子だ。その辺の計算はお手の物なのだろう。

「全機、散開！」とソフィが叫んだ。

ガウス隊がハライとマナタから離れ、エフィドルグ船の表面をなぞるように、それぞれの持ち場へとすっ飛んでいった。

マナタの相棒は、ロイの操るガウス三号機だ。

「んじゃ、行きますか、お姫様」とロイがいつものように軽口を言った。

「いつも言ってるけど、それ、やめてもらえませんか……？」

「ウチの親分がお嬢様だからなあ……他にいいのがあれば、教えてくれよ」

ロイは軽口を言いながらも、素早い機動で目標の格納庫へとベクトルを変更していた。

相変わらずというか、さすがというか、ロイの変わったところだ。軽口を言いながらも、ガウスの操作がお留守になることがない。軽口でリズムを取っているような、そんな気がする。

「マナ、入り方は任せるよ」

エフィドルグ船のことは、わたしよりマナのほうが正確に理解している。任せたほうがいいだろう。

「お任せください」

あっという間にエフィドルグ船の格納庫ハッチが目前に迫り、マナタが頭のブレードを展開して、ハッチを切り裂いた。

ギリギリ通れるだけの隙間から、マナタをねじ込む。すぐ後ろに続いていたロイの三号機が、マナタとは逆の向きで突っ込んできた。マナタの背後に敵がいた場合のことを考えてだろう。さすがに抜かりない。

無理くり押し入ったグロングル格納庫には、指揮官機らしいトゲトゲしたグロングルが一機ハンガーに吊るされていた。

「辺境矯正官が乗り込もうとしています！」とマナ。

「どこ⁉」

辺境矯正官は見えなかったけど、すぐさまマナタを指揮官機に突っ込ませた。

乗り込んでいないのなら、反撃される心配はない。先に壊してしまえばいいのだ。両腕のブレードを伸ばし、目の前のグロングルの胸に深々と突き刺す。

青い光を放つブレードに貫かれた指揮官機は、みるみると黒く変色していった。

突然、黒く変色したグロングルのすぐ横の壁が爆発した。

「え……？」

「ガウス3が、グロングルに向けて浮遊していた辺境矯正官を狙撃したようです」とマナ。

辺境矯正官に気づけなかったのは、無重力の格納庫内をグロングルに向けて飛んでいたからだ。でも、狙撃したってどういうことだろう。ガウスで人間を撃ったのだろうか。

「すまんすまん。当たったんだけど、そのまま抜けちまった」とロイはいつもの口調だった。

どうやら、本当に人間に向けてガウスの一四〇ミリライフル砲を撃ったのだ。しかも、直撃したけど的が柔らかすぎて砲弾が抜けてしまい、壁で炸裂したということなのだろう。

さすがに辺境矯正官がどうなったか確認する気にはなれなかった。

「ま……どのみち殺すことになるんだしな……」

ロイは掠(かす)れた声で言った。

「剣之介だ。グロングルは破壊した。これより中枢を押さえる」

剣之介は指揮官機を破壊して、当初の予定通り辺境管理官専用端末がある部屋へと向かうようだ。

今回の作戦は、辺境管理官を押さえることが後回しにされている。真っ先に船の制御を奪い、〈くろべ〉を追跡する他のエフィドルグ船の足を引くことが最優先なのだ。時間との戦いだ、とも剣之介は言っていた。ぐずぐずしていては、〈くろべ〉がトラクタービームに捕まってしまうからだ。

わたしも剣之介にならって報告をした。

「こちらマナタ。指揮官機を破壊しました」

正面モニターに、茂住さんが映った。

「こちら、ガウス2。敵グロングルが見当たりません。ハンガーの状態から推測すると、ここにいたことは間違いありません。おそらくですが、船内に突入した剣之介くんの迎撃に向かったと思われます」

茂住さんたちは、空振りだったようだ。でも、船内に向かった指揮官機が気になる。剣之介は管理官室に入る前に、ハライを降りるのだ。グロングルでは行けない場所だからだ。

「了解した……が、予定通り俺は管理官専用端末を押さえる」

剣之介はやはり時間を気にしている。

ほぼ同じタイミングでソフィの通信が入った。

「こちら、ガウス1。指揮官機を破壊。辺境矯正官も始末しました。援護が必要な……」

ソフィの通信を遮るように、パイロットの叫び声が割り込んできた。

「グロングルと交戦中！　リビオがやられた！　援護を……」

この声は、ガウス八号機のジェイコブ。リビオはガウス七号機のパイロットだ。ガウス七号機と八号機のペアは、動き出した指揮官機と戦闘に入ったのだ。

「……通信途絶」とマナ。

「ガウス8の救援に向かいます！」とソフィ。

「わたしも行くよ！」

とわたしが言うと、ソフィは「あなたのペアは剣之介の援護に回ってください。ガウス2は、私と合流しなさい」

「了解！」と茂住さん。

「うん、分かった……」

とわたしが応えると、どこか不満げなロイの声が聞こえてきた。

「……了解」

わたしは無重力の格納庫から、船体中心に向かう通路へとマナタを向けた。じわじわと重力がかかってきて、マナタの足がゆっくりと床についた。

エフィドルグ船の通路はバカみたいに広いし天井が高い。グロングルに乗ったまま、船内のほぼすべての区画に行けるのだ。辺境管理官の秘密部屋や艦橋のような部屋はさすがに人間サイズでしか入れないけど、その手前まではグロングルで行けてしまう。そもそも、人が入れる場所が極端に少ないのだ。

「マナ、剣之介に合流できる最短ルートを出して」

「はい。ただいま」

ものの一秒で、正面モニターにエフィドルグ船の断面図が映し出され、ルートが表示された。

敵の船だというのに事細かく分かってしまうというのが、なんだかなあと思ってしまう。エフィドルグはハード的な進歩がまったくないのだ。グロングルは形こそバラバラだけども、中身はまったく一緒だ。フラヴトのエヌヌは、エフィドルグを「自動機械」と言っていたけども、本当にそうなのかもしれない。命令をただ実行しているだけの機械なら、テクノロジーの進歩は望めないと思う。それでも、学習能力はあるのだ。そのことがさらに機械っぽいと感じてしまう。イノベーションは起こせないけども、学習能力は高い。まさに、ＡＩだ。

剣之介と合流するまでの距離は大したことはない。一キロクラスの船とはいえ、グロングルで闊歩するのだから、すぐに追いつけるだろう。

そう思っていたのだけども、思いのほか手こずった。

ヘッドレスが、要所で待ち構えていたのだ。

指揮官機であるマナタと歴戦のパイロットが操るガウス・マーク4が、ヘッドレスごときに後れをとるわけはないのだけども、実は結構ヒヤリとした。

広いとはいえ、所詮は通路だ。二十m越えの巨人同士が大立ち回りするには、やっぱり狭いのだ。何より、ヘッドレスは味方を少々斬りつけようがお構いなしで刀を振るってくる。

「管理官室に入る。指揮官機が現れたら、呼んでくれ」と剣之介からの通信。

剣之介たちは先頭を走っている分、ヘッドレスに邪魔されずにすんだようだ。

「了解！」と応えたのは、剣之介とペアを組んだガウス四号機のピアーズだ。

「リディ、行くぞ！」と剣之介が叫ぶと、正面モニターに新しいウィンドウが開いた。

剣之介と一緒にハライに乗り込んでいたリディくんの主観映像だ。

コクピットハッチを開け放った剣之介が、軽いステップでハライの腕から膝に飛び移り通路の床へと降り立った。

軽くやっているように見えるけども、普通の人間にはあんな芸当はできない。身体能力もさることながら、怖くてできない。軽く足を滑らせただけで、鋼の塊であるグロングルと熱い抱擁だ。良くて骨折、下手をすればあの世行きだ。やっぱり剣之介は辺境矯正官に近いのだな、と感じてしまう。ちなみに、わたしはグロングルから降りるときは、マナタの掌に座り込んで、マナにゆっくり下ろしてもらっている。だって怖いもん。

「くそ……傀儡に先を越された！」

剣之介の声が聞こえてきた。

リディくんの主観映像に、剣之介の肩越しに赤いカクタスがわらわらとやってきている様が見えた。剣之介一人であの数は無理だと思う。

今回はグロングルとガウスだけの強襲作戦だ。狭い通路で、宙兵隊の援護がないのは厳しい。

「一度後退する。俺が壁の後ろに隠れたら、大砲を通路に向けて撃ってくれ！」

剣之介がカクタスから逃げながら叫んだ。

「……了解」とガウス四号機のピアーズ。

リディくんは、剣之介の前を走っているのだろう。今まで剣之介の後ろにいたのだから、回れ右すればそうなる。とはいえ、リディくんは剣之介の言葉をすぐさま理解し、さっさと後退していたのだ。普段、ピポピポしか言わないから、何を考えているのか分からないところがあるけど、実はすごいロボットなのだ。

「リディさんは、私よりも人間の言葉を理解していると思います」とマナがわたしのイメージを感じ取って答えた。

剣之介が狭い通路から抜け出して、壁の後ろに転がり込んだ。その剣之介と入れ替わるように、跪(ひざまず)いたガウス四号機が、狭い通路に向けて一四〇ミリライフル砲を二連射した。

あんな狭いところに大砲撃ち込まれたら大変なことになるなあ、と思った。

爆発音が二度響き、猛烈な煙と共に通路の奥からバラバラになったカクタスが噴き出してきた。

リディくんが通路を覗き込むと、もうもうとたちこめる煙の向こうには、屑鉄になった元カクタスしかいなかった。リディくんがピポピポ言うと、剣之介は再び通路に向けて走り出した。

「敵指揮官機です！」とピアーズが叫んだ。

剣之介はすでに通路を随分と進み、傷つきながらも生き残っていた赤いカクタスと戦っていた。

「くそ……もうしばらく持ちこたえてくれ！」

かなりマズイ。

ガウスの高い機動性を生かせない狭い通路だ。かなり荷が重い相手となるはずだ。基本性能が違いすぎる。

「ピアーズ、防御最優先でなんとか生き残れ！　もうすぐ追いつく！」とロイが叫んだ。

実際、もう少しのところまで来ているのだ。

それでも、目の前の交差点にはヘッドレスが四機も待ち構えている。

「この雑魚は俺が引き受ける。お姫様は、ピアーズの援護に向かってくれ……頼む！」

ロイはヘッドレスに向かって行きながら叫んだ。

「由希奈、私からもお願いします」とソフィからも通信が入った。

「……分かった！」

わたしはマナタを全力で走らせた。

脇をすり抜けようとするマナタに気づいたヘッドレスが、立ち塞がろうとする動きを見せた。

壁際に身を寄せて走るマナタにヘッドレスが刀を振り上げた。

「ああ、もう……！」

突然、ヘッドレスの頭が大爆発した。ただでさえない頭がきれいさっぱりなくなっている。

もんどりうって倒れるヘッドレスのすぐ横に、砲口から煙をたなびかせたライフルを構えたガウス三号機がいた。

ガウス三号機は、すぐさま向きを変え、斬りかかってきたヘッドレスの斬撃をかわしてライフルを一振りした。右脚の膝を切断されたヘッドレスがバランスを崩して倒れた。ライフルの先には薙刀のように超振動ブレードがくっついているのだ。

「ありがと！」

マナタが倒れたヘッドレスを踏み越えて交差点を抜けた。

「礼はピアーズを助けてからに……してくれよな！」とロイが薙刀を振り回しながら叫んだ。

実際、グロングルで全力疾走すれば、あっという間だった。

「指揮官機の反応を捉えました！」とマナが言うと同時に、壁の向こうにいるであろう指揮官機の位置にマーカーがついた。

スピードを落とさずに角を曲がると、カラフルな色が目に入った。

水色のグロングルだ。指揮官機に違いない。その指揮官機の目の前には、両腕を切り落とされ壁際に追い込まれたガウス四号機が見える。

指揮官機はガウス四号機に止(とど)めを刺すために巨大な刀を振りかぶっていた。

「このまま突っ込むよ！」

わたしの声に呼応して、マナタのブレードが青く光った。

マナタの突進に気づいた指揮官機は、振り上げた刀をガウスではなくマナタに振り下ろしてきた。

――よし、反応してくれた。

あのまま刀を振り下ろされていたら、指揮官機をやっつけることはできても、ガウス四号機のピアーズは助けられなかった。

だからあえて派手に突っ込んだのだ。

上段からの斬撃をマナタの頭二本のブレードで受ける。

そのまま右腕を突き出して、胸を狙う。このまままっすぐ入れれば、仕留められる。

やっぱりというか、当然というか、指揮官機相手にそんなに簡単にいく訳はなかった。指揮官機はマナタが突き出したブレードを膝を上げて弾き返した。膝に付いているトゲっぽいものが青く輝いていた。どうやら、この指揮官機は膝にブレードを仕込んでいるようだ。

巨大な刀と、膝についたトゲのようなブレードがこの指揮官機の武器なのだ。リーチの長い長刀は、懐に飛び込まれると取り回しが難しくなる。当然、相対する敵は懐に飛び込もうとするだろう。そして、懐に飛び込むと膝のトゲにカウンターを食らう。意外と理にかなっている。ヘンテコな武器だらけの指揮官機だけども、案外それぞれ「コンセプト」ははっきりしているのだ。

指揮官機は足を踏み替えるように、逆側の膝を突き上げてきた。慌てて後退をかける。こちらの後退を読んでいたかのように、突き上げた膝から踏み込んで巨大な刀を突いてきた。

でも、その反撃は読めていた。

マナタの身を捻って突きをやりすごし、突き出された巨大な刀めがけてマナタの頭のブレードを振り下ろす。派手に火花が散って、巨大な刀の前から三分の二が折れ飛んだ。巨大な刀から、巨大なナタにクラスチェンジだ。

相手の引き手に合わせて踏み込む。

「こいつは、つま先と踵にブレードを仕込んでるぞ！」とピアーズが叫んだ。

わたしはその言葉を受けて、踏み込んだところから横っ飛びに転がった。

――あぶなかった。

あのまま踏み込んで、側面から背後に回り込み一刺ししてやろうと考えていたのだけど、踵に隠し武器があるのなら、こちらの思惑通りには行かなかっただろう。下手をしたら、こちらが攻撃をかける前に隠し武器でやられていた。

手癖というか、足癖の悪いグロングルだった。巨大な刀はむしろ敵を懐におびき寄せるための灯り――提灯（ちょうちん）アンコウの提灯みたいなものだったのだ。

ピアーズはとても重要な情報をもたらしてくれた。何より、無事であったのが嬉しい。

突然横にずっこけたマナタに、相手の指揮官機は不思議そうな顔をしていた。グロングルの表情は変わらないのだけども、なんというかそんな仕草をしたのだ。

幸いにして、指揮官機はまだつま先と踵の隠し武器は見せていない。ということは、纏い手はまだ隠し武器の存在が知られていないと思っているはずだ。そこを突けるかもしれない。

わたしはマナタを再び突っ込ませた。

手数を優先した軽い斬撃を繰り返すと、指揮官機は防戦一方になった。でも、ナタにクラスチェンジした刀は、慣性質量が減って取り回しやすくなったのだろう、思いのほか縦横に振り回されて厄介な存在になってしまっていた。ちょっと失敗したかもしれない。

それでもなんとか相手の防御を切り崩し、胴体に浅くブレードを食い込ますことができた。

指揮官機は慌ててブレードを払いのけたけども、そのせいで姿勢が崩れた。

わたしはその隙を逃さず、側面に回り込んだ。回り込んだ側面から、指揮官機の脚の裏が見えた。踵に隠し武器があるとピアーズが言っていたけども、踵どころではなかった。踵からふくらはぎの上のほうまでブレードが折りたたまれていたのだ。地球で戦ったスパイダーと同じ系統の機体なのだろう。そういえば、スパイダーも水色だったような気がする。

とにかく、さっき踏み込まなくてよかったと思う。軽く踵を跳ね上げるだけで、ブレードの切っ先がマナタの胸部装甲を貫いていただろう。意識の外から繰り出される攻撃は防御のしようがない。

側面に回り込み、背後から胴体を貫くように腕を引いた。その腕を勢いよく、「下に」振り下ろす。

マナタの胴体を狙って蹴り上げられた踵の隠し武器が、マナタの脇の下を通りすぎた。来るのが分かっていれば、避けるのは容易い。

振り下ろされたマナタのブレードは、蹴り上げられた脚の膝裏を貫いた。

相手の纏い手の驚きが手に取るように分かる。ある意味、グロングルの弱点かもしれない。纏い手の意識をダイレクトに表出してしまうが故に、心理状態まで見透かされてしまう。

わたしは、纏い手が驚いた隙を突いて一気に勝負に出た。

マナタのブレードすべてを使って、指揮官機の四肢を切断にかかる。虚をつかれたのであろう、満足な回避も防御もできず四肢を切断された指揮官機は、俯(うつぶ)せに床に転がった。

一息で、背中の中心を貫く。

水色の派手な機体が、じわじわと黒に寝食され、ついには全体が闇に染まった。

「……勝った」

相手を殺めたという胸の痛みは、勝利した愉悦、生きているという充実に塗りつぶされてしまった。

こうやって、殺し合いに慣れてしまうものなのだろうか。でも、わたしは慣れたくないと思う。相手は作り物とはいえ、人間なのだ。彼らの命を否定したくない。作り物という過酷な現実を乗り越えたムエッタを否定することになってしまいそうだから。

「助かったぜ、お姫様……」とガウス四号機のピアーズが安堵の溜め息と共に言った。

この人もお姫様呼ばわりだ。というか、ガウス隊は全員そうだった。

正面モニターの一角に小さなウィンドウが開き、剣之介が映った。

「見事だ、由希奈……強くなったのだな……」

「え……見てたの……?」

とわたしが言うと、剣之介は優しい笑みを浮かべて頷いた。

「ああ。リディに常に皆の状態を表示してもらっているからな」

「剣之介、そちらの状況はどうなのです?」とソフィが割り込んできた。

剣之介は頷いて、

「多少の障害はあったが、第一段階は完了だ」

と言って横にずれると、管理官専用端末の足元に血まみれの辺境管理官がうずくまっている様が映った。

わたしが指揮官機と死闘を演じている裏で、剣之介も辺境管理官と戦っていたのだ。

「俺たちが奇襲を成功させた時点で、こやつの運命は決まっていたのだ」

そう言った剣之介は、どこか寂しげな顔をした。辺境管理官に同情をしているのだろうか。エフィドルグに枷をはめられ、自由という概念など存在しない世界に閉じ込められた存在に。管理官端末をハッキングされて船の制御を奪われた上に、こちらの奇襲で辺境矯正官はグロングル諸共死んでしまったのだから、辺境管理官は「管理官専用端末を取り返す」以外に生き残るすべはなかったのだ。

「では、第二段階ですね」とソフィ。

「ああ、これからが本番だ」

そう剣之介は応じた。

○

航宙艦〈くろべ〉は、脇目も振らずひたすら加速していた。

上泉はまんじりともせず、戦況を無感動に伝えてくる正面の大スクリーンを見つめていた。

「作戦の第一段階完了、これより第二段階に入る……だそうです」と副長。

どうやら、剣之介たちは追跡艦隊の中央の船を拿捕することに成功したようだ。

「損害は？」

と俺がぶっきらぼうに訊くと副長は一瞬ためらった。

「ガウス二機が完全破壊。パイロット三名が死亡しました」

ガウス四号機は大破したもののパイロットは生存。機体の回収は可能。ガウス十号機は損傷軽微だが、パイロットは死亡。ガウス七号機、八号機は完全破壊された上にパイロットが死亡。

作戦が計画通りに推移すれば、ガウスの回収は可能だ。だが、またしてもガウス隊はパイロット不足という状況に陥る。

自制心を押しのけて溜め息が出てしまった。

俺の知った顔がまた減ってしまった。俺が最後の一人にはなるまいと思ってはいても、自分よりも若い連中が死んでいくのを黙って見ているしかないというのは気が滅入る。

それでも、剣之介と由希奈が無事であるのがせめてもの救いだ。

あの二人を特別扱いしていると表立って言うわけにはいかないが、俺の本心はそうなのだ。特に白羽由希奈を失うことだけは避けたい。俺が〈くろべ〉の艦長を引き受けた理由は、あの娘に嫁入りをさせてやりたいと思ったからだ。そういう意味で言うなら、俺の目標はすでに半分達成されていると言えなくもない。

由希奈は剣之介と邂逅し、自身の力で調整された剣之介を取り戻したのだ。

俺の目に狂いはなかったと確信したものだ。あの娘は強い娘だ。だが、この局面を乗り越えないことには、あの娘の嫁入りを見ることは叶わない。そして、あの二人は〈くろべ〉と自分たちの未来を勝ち取るために戦っている。

我ながら、無力感に苛まれるところではあるが、艦長である俺が滅入ってばかりではここに座っている意味がない。

「捕獲船がトラクタービームの照射を開始しました！」とレーダー手。

大スクリーンに、追跡艦隊の中央に位置する船から、緑色の光が周りの船へと延びている様が映った。

「追跡艦隊の速度が低下し始めました！」

計画通りだ。

わずかに加速を緩めた中央の船が、じわじわと周りの船から遅れている。その船から、トラクタービームが照射されていた。

遅れた船に引かれた船は、わずかに速度を落とした。

〈くろべ〉と追っ手の小艦隊との速度差はほんの少ししかない。今の調子で足を引き続ければ、すぐに追いつけない速度にまで落ちるだろう。

アリ地獄に引きずり込むように、中央の船がジワジワと周りの船を引き寄せている。速度が落ちた上に、ベクトルを変えられてしまうので舵を切りなおす。当然、艦首をふらつかせることになる。それだけで余計な距離を移動することになり、遅れが出てくる。

少しでも進路を変えたり減速させるだけで、〈くろべ〉に追いつくポイントは途方もない遠方になる。下手をすれば、追いついたと思ったら射手座x1だったということもありうる。エフィドルグもそこまで間抜けではないだろうから、あるラインを超えれば撤退するはずだ。

だが、船に強襲をかけた時点で、エフィドルグは剣之介が裏切ったと気づいたはずだ。さらに乗っ取られた船から、足を引くトラクタービームの照射。エフィドルグはこちらの狙いに気づいたはずだ。

「捕獲船に向け、追跡艦隊のうち五隻からトラクタービームが照射されました！」

「出て来ました、グロングル……指揮官機のみです！」

レーダー手が矢継ぎ早に報告を上げてきた。

超望遠映像がスクリーンの一角に映し出された。トラクタービームに乗った指揮官機が、剣之介たちの奪った船に向かって送り込まれている。

さて、俺の仕事だ。

「ＡＧＧＣＭを順次発射！　ＡＧＧＣＭがカンバンしたら、ありったけのミサイルをかましてやれ！」

事前に予想された範疇ではある。

エフィドルグが黙って足を引かせるわけはないのだ。

計画段階で、拿捕した船が周りの船から一斉にトラクタービームの照射を受け、置き去りにされるのではないか、という懸念はあった。だが、リディはそのやり方では時間がかかり過ぎてしまい、継続的に足を引かれた追跡艦隊は結果的に〈くろべ〉を逃がすことになる、という計算結果を弾き出していた。

エフィドルグはバカではないのだ。計算能力だけなら、リディと同じだ。ならば、同じ結論を出すであろうとも予想された。

そして、予想された反撃は、今目の前で起こっていることだ。指揮官機を送り込み、船を取り戻すことだ。

五隻から指揮官機を送り込んだということは、最大で三十機。とてもではないが、剣之介と由希奈、数を減らしたガウス隊だけでは勝てない。

「AGGCM全弾発射完了、続いて迎撃ミサイルを発射します」と砲術士官。

八発のAGGCMが舷側から打ち出され、トラクタービームで運ばれている指揮官機に向かって殺到していた。

勝機があるとすれば、狭い船内での戦いになるということだ。どれだけ多数のグロングルを投入しようとも、戦闘正面は限られる。それが分かっているから、エフィドルグも指揮官機のみを送り込んだのだ。

それに、こちらは時間を稼げればいい。捕獲船は、周りの船に次々とトラクタービームを照射しているのだ。時間をかければかけるほど、追跡艦隊の足は遅くなる。最後まで戦う必要はない。〈くろべ〉に追いつけない速度まで落ちた時点で、ガウス隊をトラクタービームに乗せて撤退させればいいのだ。

「ＡＧＧＣＭ、全弾命中！」とレーダー手。

これで〈くろべ〉にＡＧＧＣＭは存在しなくなった。そもそもが三十二発しかなかったのだ。恐ろしく製造に時間のかかる代物だ。次に使えるのは一年後か二年後だろう。

「迎撃ミサイルが命中します……」

ＡＧＧＣＭに続いて撃ち出された迎撃ミサイルも到達したようだ。

〈くろべ〉には通常弾頭の小型ミサイルが多数積まれている。汎用性の高い兵器だけに、グロングル以外の敵が相手なら有効だろうと考えられたからだ。

本来なら、通常ミサイルは重力シールドを持つグロングルには当たらない。だが、トラクタービーム内のグロングルは重力シールドが働かないのだ。

もっとも、仮に命中したとしても、ＡＧＧＣＭよりも格段に炸薬が少なく、ナノマシン装甲を纏ったグロングルには致命打となりにくい。それでも、命中時の運動エネルギーと爆発のエネルギーは、トラクタービーム内からグロングルを押し出すのに十分なものだ。

「……六発が命中。合計で、十四機が脱落しました」

大盤振る舞いで指揮官機一機当たり五発のミサイルを放ったが、ＡＧＧＣＭに比べると随分と低い命中率だ。ＡＧＧＣＭのように重力制御と慣性制御を使った無茶な軌道変更ができない分、まっすぐ目標に突っ込むしかできないミサイルだ。刀で払われてしまったのだろう。

それでも、約半数のグロングルを叩き落としたのだ。上出来と言うべきだろう。

あとは、信じてもいない神に祈るだけだ。

「生きて帰ってこいよ」

俺の呟きに、副長も頷いた。

◯

エフィドルグの指揮官機が黒く染まって、床へと倒れた。

「敵指揮官機の撃破を確認いたしました」

ソフィはセバスチャンからの報告を聞きながら、エフィドルグ船の見取り図を見ていた。

「結構……」

これで、船内に乗り込んできた十六機のうち、六機を仕留めたことになる。それでもまだ十機の指揮官機が残っているのだ。

エフィドルグの指揮官機は、その気になればどこからでも入ってこれる。いたるところにグロングル格納庫があるからだ。だが、辺境管理官専用端末は船の中心に一つあるだけだ。

そこへ踏み込ませなければいい。

剣之介は、乗り込んでくる辺境矯正官には、管理官代理権限が一時的に与えられているだろうと言っていた。船の制御を取り戻すには、辺境管理官の権限がなければならないからだ。ということは、一人でも管理官専用端末に取り付かれてしまえば、この船の制御を奪われてしまうのだ。リディは荒事の一切ができない。辺境矯正官にかかれば一瞬で斬り伏せられるだろう。

まだこの船を奪い返されるわけにはいかない。

周りのエフィドルグ船の速度は、未だ〈くろべ〉に追いつけるだけの速度を保っている。こうして敵を待っている間にも、エフィドルグの追跡艦隊と〈くろべ〉との距離は縮まっているのだ。まだ余裕はあるが、彼我の距離が一万kmを切れば、ゲームオーバーだ。

「二時方向から、一機来ます」

マナから次にやってくるであろう指揮官機の情報が流れてきた。

このような局面でも、辺境矯正官は連携を取ろうとしない。もはや、そういう「仕様」なのだと考えるしかないだろう。むしろ、ヤマーニアが特殊だったのだ。

もっとも、一機ずつが時間差でやってくるように、ヘッドレスで足止めをしているというのもある。この船に搭載されているヘッドレスはすべてリディが掌握しているのだ。

「各機、直ちに移動。由希奈、行けますか？」

すぐさま、会敵予想地点へとガウスを向ける。

「行けるよー」と由希奈の返答が返ってきた。

「こちらは……まだだ。俺抜きでやってくれ」と剣之介。

剣之介は逆側の通路で指揮官機とやりあっているが、一対一なら剣之介が後れを取ることはないだろう。

　剣之介の戦いっぷりをこの目で久しぶりに見た。だが、かつて地球で見たものとはかけ離れていた。フラヴトの記録映像で目にはしていたが、やはり直に見るとその凄みが分かる。かつての剣之介の戦い方は、本人の性格通り我武者羅（がむしゃら）なものだったが、今の剣之介は剣豪という言葉こそ相応しい。柔にして剛であり、静にして動。今の私では足元にも及ばないだろう。エフィドルグが剣之介一人を捕らえるために大がかりな作戦を行ったのも頷ける。

「あと二十秒ほどで……接触いたします」とセバスチャン。

　セバスチャンの息遣いが微かに乱れていた。

「セバスチャン、どうしたのです?」

　と私が訊くと、

「問題、ありません」とすぐさま返ってきた。

　やはりいつもの息遣いとリズムが違う。

　そもそもが、今回の出撃は無理があった。傷が塞がっているとはいえ、わずか一週間前に瀕死の重傷を負ったのだ。この作戦が開始されてから、ずっと痛みに耐えているはずだ。強い痛み止めはわずかに意識を混濁させるから、たぶん打っていない。本人は決して認めないだろうけども、私には分かる。この男はそういうことをするのだ。なぜなら、同じ状況なら、私も痛み止めを打たない。

「いいえ……問題があるようですね。あなたは後列に下がりなさい」

「大丈夫です」とセバスチャン。

「それを決めるのはあなたではありません。私の命が聞けぬと言うのなら、あなたを私の執事から解任します」

セバスチャンの息が一瞬止まった。

それだけのことを言ったのだ、当然だろう。

この男は、私のためにここで死ねと言えば、喜んで命を投げ出すだろう。だからこそ生きろと命じなければならない。それが主の責務だ。

「……承知いたしました」と言ってセバスチャンは、ガウスを移動させた。

「今までと同じようにやります。呼吸を合わせて、ゆっくりと後退。いいですね」

通路を塞ぐようにガウス三機が横に並び薙刀を前に構えると、すぐ後ろに二機のガウスが三機の間から同じように薙刀を前に突き出した。槍衾（やりぶすま）だ。

戦闘に耐えられるガウスは、もはや五機しか残っていない。パイロットは三名が戦死した。射手座26星系に来て、ガウス隊は四名のパイロットを失ってしまった。

だが、死者に思いを馳せるのは生き残ってからだ。今は目の前の敵に集中だ。

ガウスも進化したとはいえ、エフィドルグの指揮官機と真正面から戦って勝てるほどの性能はない。なにより、エフィドルグ船の内部は約一Gがかかっている。これが厄介だった。

　ガウス・マーク４はゼロＧ下における空間戦闘に重きを置いた機体だ。両足を地につけた地上戦は、黒部研究所時代に乗っていた初期型と同程度の機動性しかない。それでも、武器はエフィドルグと同じ性能のものを持っているので、斬り結ぶ程度ならできる。だが、正面からの押し合いとなると、大人と子供の喧嘩になるだろう。

「来ました！」

　セバスチャンが叫ぶと同時に、正面モニターに通路の角から躍り出る指揮官機が見えた。現れた指揮官機は、初めて見るガウスの品定めでもするかのごとく、ゆっくりと前進してきた。

　ガウス隊は微動だにせず、槍衾を構えなおす。

　その様子を弱腰と見たのか、指揮官機は一気に突っ込んできた。

　薙刀が届く間合いに入った瞬間、前列のガウス三機が一斉に薙刀を突き出した。

　突っ込んできた指揮官機は、その突きに合わせるように急停止してさらに半歩後退した。高性能な慣性制御機構のなせる業だ。当然、突き出した薙刀は指揮官機に届かなかった。

「後退！」

　私が叫ぶと同時に、ガウス隊は半歩さがりつつ、後列のガウス二機が薙刀を前に突き出した。

　予想通り、前列の突きの引き手に合わせて指揮官機は踏み込んできていた。

　うまくタイミングが合えば、踏み込んできた指揮官機に後列の薙刀が突き刺さるはずだが、この攻撃に反応をした上で反撃してくるのが辺境矯正官なのだ。

後列から突き出された二本の薙刀の切っ先をすんでのところで避けた指揮官機は、踏み込んだまま青く輝くブレードを一閃した。

リララの操る五号機の薙刀が中ほどで断ち切られた。

「ひ……」とリララの悲鳴のような息を呑む声が聞こえた。

それでも動じることなく、隊列は再び半歩下がりつつ薙刀を突き出す。

指揮官機はその攻撃を読んでいたのだろう、軽く後ろにステップして再び踏み込む構えを見せた。

だが、そこで指揮官機は不意に動きを止めた。

「ごめんね……」

由希奈の微かな呟きが聞こえた。

目の前の指揮官機の胸に、青く輝くブレードの切っ先が飛び出していた。

黒く染まって倒れた指揮官機の後ろに、マナタが立っていた。

完全な騙し討ち。

剣之介のハライと由希奈のマナタは、敵味方識別信号がエフィドルグのものなのだ。

乗り込んできた指揮官機にしてみれば、味方の信号を出しつつ後ろからやってきたグロングルが、まさか敵だとは思わないだろう。多数の船から指揮官機が乗り込んでいるという状況も有利に働いた。ガウス隊は、指揮官機の注意を引きつけるための囮なのだ。

それでも、勘のいい辺境矯正官はその奇襲をかわした。そうなってしまえば、数で押し切るしかなかったのだが、今のところこちらにさしたる損害を出さずにすんでいる。

「お見事です……」

私がそう言うと、由希奈は「うん」とあまり嬉しくなさそうな返事をした。

殺めた命の重さを感じているのだろう。由希奈の美点だとは思う。

「こちらもカタはついた」と剣之介からの通信が入った。

これで、この船に乗り込んだ指揮官機は、残り八機になった。

「だが、敵も各個撃破されていることに気づいたようだ。手近なグロングル同士で合流しつつある……辺境管理官から指示があったのかもしれんな」

正面モニターに表示された船の見取り図に、敵指揮官機を現す赤い点が映っている。その赤い点が、お互い近づきつつあった。

今までは一機ずつ叩くことで損害を最小に抑えることができた。だが、複数の指揮官機を相手にするとなると、話は変わってくる。

いったい何人が〈くろべ〉に戻れるだろう。その中に私とセバスチャンは含まれているだろうか。

「減速成功です！　これで、〈くろべ〉に追いつけるエフィドルグ船は存在しません！」

マナの報告が飛び込んできた。

「よし、手筈通り撤退地点まで後退する。殿は任せてもらおう」と剣之介。

「わたしも後ろにつくね」と由希奈。

もとより二人にはそう頼むつもりだったのだが、私が口を開くまでもなかった。

「よしなに……ガウス隊は稼働不能機を運びます」

たとえパイロットが死んでいたとしても、修理が可能なガウスは持ち帰らなければならない。修理さえすれば、パイロットを補充することで戦力の穴を埋めることができるからだ。そう、リララの乗った五号機のように。現状、すでにパイロットは不足している。宙兵隊から志願者を募り訓練をしてもいいが、宙兵隊も度重なる戦闘で人が減っている。むしろ宙兵隊も欠員補充をしたいぐらいだろう。いよいよもって、異星人を大々的に採用するしか残された道はないように思える。それに、射手座x1にはエフィドルグと戦うことに命をかける者が大勢いると聞く。

ガウス隊が動かなくなった機体を担ぎ、目的地であるグロングル格納庫へと後退を始めてすぐにマナから報告が入った。

「合流した敵指揮官機八機が、こちらを追跡しています」

予想通りではあるが、苦しい状況であるのは間違いない。

こちらは辺境管理官専用端末のある管理官室からはすでに離れている。だが、エフィドルグにしてみれば、敵が船内を闊歩している状況下でグロングルを降りるなど論外だろう。

ガウス隊は損傷した機体を抱え、駆け足で逃げるということはできない。いざとなれば、損傷した機体を捨て、動けるパイロットは別の機体に移乗して逃げ出すこともできる。だがやはり、死んだ仲間の死体を置き去りにすることは避けたい。

「すんなりと逃がしてはくれぬか……だが、俺が殿を務める限り、一機たりとも抜けさせはせぬ。ガウス隊は振り返ることなく格納庫を目指してくれ」と剣之介。

――まったく、この男は。

危機的状況でこういうセリフを吐く男は二種類に分かれる。実は口先だけの優男か、筋金入りで大バカ者の男前かだ。もちろん、剣之介は後者だ。

微かに胸がざわついた。遠い昔に心の奥底に沈めたはずの感情がにわかに色づいてしまった。

私は慌ててその色を消し去った。

昔の私はなぜ剣之介にきつくあたっていたのか、なぜ由希奈に嫉妬を抱いたのか、なぜフランスへ帰らなかったのか。大人になり、冷静に過去の自分を分析することで受け止めることができた感情。だが、この感情を表に出しても、自分自身も含めて誰も幸せにならないことは分かっている。だからこそ封印したのだ。

「剣之介、あなたはまだ由希奈に大事なことを言っていないのですよ。私の言いたいことは分かりますね？」

と私が言うと、剣之介は小さな笑みを浮かべた。
「そうだったな……そうだな。皆で〈くろべ〉に帰らなければな」
由希奈が口を尖らせていた。
「ここで、その話を出してくるかなぁ。もう……」
とぼけた由希奈の言葉でみんなが笑った。

迫りくる指揮官機を撃退しつつ後退をする。何度かそれを繰り返し、ようやく目的のグログル格納庫が見えてきた。

幸いにして、撤退戦に入ってからは、こちらには戦死者は出てはいない。それでもガウス九号機が右腕と武装を破壊され、戦えない状態になってしまった。あとはガウス二号機と三号機が軽微な損傷を受けたぐらいだ。満足に戦えるガウスは、私の一号機を含めて三機しか残っていない。リララの五号機は武装が破損したために戦力外だ。

逃げてきた通路には、撃破された指揮官機が点々と横たわっていた。

押し寄せてくる指揮官機八機のうち、三機を撃破していた。そのすべては剣之介のハライによるものだ。もっとも、ガウス隊も由希奈も、あくまで防御中心で積極的に仕留めにいくということはしなかった。

対して、剣之介は獅子奮迅（ししふんじん）の働きだった。むしろ積極的に指揮官機を破壊しているように見えたのだ。

「剣之介、撃破にこだわらなくとも良いのではありませんか？」

そう私が言うと、剣之介は、

「後の心配をしている。ガウス隊を撤退させた後に、同じ方法でエフィドルグが〈くろべ〉にグロングルを送り込まんとも限らんからな。できるだけ数を減らしておきたい」

ありうる話ではあろうが、エフィドルグとて貴重な指揮官機を片道特攻のような攻撃に出すとは考えにくい。仮にグロングルを送り込んだとしても、最大加速中の〈くろべ〉に取りつける確率は低いだろう。ガウス隊は、〈くろべ〉からの収容サポートが期待できるからこそ、この危険な脱出プランを採ったのだ。

残り五機となった指揮官機の追撃を受けつつも、ついに目的地であるグロングル格納庫へと到達した。

グロングル格納庫には、トラクタービーム発生装置がある。本来はグロングルを地表から引き上げるためのものだ。ただ、トラクタービームではあるので、「押す」ことも可能だ。このトラクタービームで〈くろべ〉へと帰るのだ。

「損傷機を中心に、ガウス隊は撤退の準備を！」

私の指示で、損傷を受けた四号機、五号機、九号機が、ぱっと見は損傷がないように見えてパイロットが死んでしまっている十号機を抱えてグロングル格納庫の中心へと向かった。続いて、健在な一号機、二号機、三号機、六号機が続く。

「よし、リディ、降馬を起動しろ！」

剣之介の合図で、グロングル格納庫に吊るされていたヘッドレスが起動し、ガウス隊と入れ替わるように前に出た。この格納庫には四機のヘッドレスが格納されていることは分かっていた。撤退戦の時間稼ぎ要員として待機させていたのだ。

ハライとマナタ、ヘッドレス四機が追っ手の指揮官機五機と激突した。

剣之介と由希奈を残して先に撤退することに微かな抵抗を感じたが、彼らの頑張りを無駄にするわけにはいかない。

「ガウス隊、撤退準備完了！　トラクタービーム照射開始！」

私の合図で、グロングル格納庫の天井に仕込まれていたトラクタービーム発生装置が作動し、緑色の光を放ち始めた。

「〈くろべ〉で待っています！　必ず帰ってきてください！」

私の叫びを船内に残し、ガウス隊は凄まじい勢いでエフィドルグ船を飛び出した。

〈くろべ〉の最大加速力である一〇Gを遥かに超える加速ではあるが、トラクタービーム内部にある物には、まったく加速Gはかからない。そもそも、内部の物から見れば、外部からのエネルギーで押されているわけではない。言うなれば、目の前に超重力星があり、そこに向かって自由落下しているようなものだからだ。

あっという間にエフィドルグ船が小さな点になり、行く手に〈くろべ〉の白い光が見えてきた。

そろそろトラクタービームの有効射程である一万㎞を超える。速度はすでに〈くろべ〉を超えていた。この先は、慣性で〈くろべ〉を追い抜き、追いついてきた〈くろべ〉に収容されることになっている。

剣之介と由希奈は無事に帰ってこられるだろうか。

振り向いてはみたが、もうエフィドルグ船は見えなくなっていた。

○

剣之介は、一瞬だけ背後を振り向いた。

緑色の光が発せられたと思った瞬間、ガウス隊は虚空へと消えた。

ソフィたちを無事に射出できたようだ。

目の前に迫った黄色いグロングルが刀を突き出してきた。

軽く捻って躱す。

黄色いグロングルの腕を叩き斬ろうとしたが、すぐ横に迫っていた緑のグロングルが打ち込みの構えを見せていた。攻撃を断念して後退をかける。

やはり、指揮官機複数が相手では簡単に討ち取らせてはくれぬか。

由希奈もよく戦ってはいるが、まともに辺境矯正官とやり合うには場数が少なすぎる。何より、ナノマシンで強化されていないただの人間だ。どうしても反応に遅れが出る。

「由希奈、下がるぞ」

できるなら、すべての指揮官機を撃破したかったが、多勢に無勢だ。一機を討ち取ったものの、まだ相手は四機残っている。ここで無理をして自身が討ち取られてしまっては意味がない。

「はい！」

由希奈は少し息が上がっているようだった。

なんとしても、この女だけは生きて〈くろべ〉に帰さなければならない。俺の命に代えても守ると誓ったのだ。その誓いは俺が生きる意味でもある。

由希奈をかばいつつ後退をかける。

こちらが下がった分だけ、敵は歩みを進めた。

こちらの目論見はすでに分かっているはずだ。放っておいても逃げ出す相手を執拗に追い詰める理由は、手柄、メンツ、そういったものだろう。青馬剣之介時貞を討ち取れば、大きな名誉になるとでも思っているのかもしれない。

「リディから通信。周囲のエフィドルグ船が隊形を変更しています」

ハライが低い声で簡潔に報告をした。ハライがしゃべり始めたのはこの作戦が始まる直前だった。由希奈の乗機であるマナタと交信をした結果、音声による遣り取りが有効だと教えられたのだという。

　追跡艦隊が隊形を変えた意味が気になる。

「動きを逐次報告しろ」

「了解」

　最悪の予想が現実のものとなるかもしれない。

「剣之介、そろそろ飛び込む？」と由希奈。

　本来なら、降馬を捨て駒にして、トラクタービームに飛び込み〈くろべ〉に帰るはずだった。

　だが、隊形を変えた追跡艦隊の行動を見極めなくてはならない。

「もう少し留まる。エフィドルグ船の動きを見極めたい」

「え……うん。マナも何か言ってたけど、どういうこと？」

　今すぐにでも由希奈をトラクタービームに放り込んで〈くろべ〉に戻してやりたい。だが、次のトラクタービームの照射は一度で済ませたい。眼前の指揮官機が、そう何度も目の前の敵を見逃してはくれまい。

「すまぬ。気がかりがあるのだ」

「分かったよ。剣之介がそう言うんなら、最後まで一緒だよ」

　寄せてきたグロングル共を押し返す。

　数で言えば、こちらのほうが上回っている。無理な斬り込みをしなければこちらがやられることはないだろう。相手もそれは承知しているようで、切り崩しの容易い降馬の撃破に切り替えたようだ。

「エフィドルグ船が、トラクタービームで僚艦を押し始めました。押されている船は、こちらからのトラクタービームが届きません」とハライ。

一瞬、視界が真っ黒になった。

――奴らも気づいたか。

正面モニターに、ハライが合成した簡易映像が映った。

九隻の船が三隻ずつに分かれ、二隻がトラクタービームで一隻を押すということをやり始めたのだ。そして、押されている一隻を守るように別の一隻が手前に移動して、この船からのトラクタービームを遮っていた。

「そうか……やはり、矯正艦隊の船は、一筋縄ではいかんか……」

「もしかして、剣之介の気がかりって、このこと？」と由希奈。

舌打ちをしたい気分だった。

ハライが報告したということは、由希奈の乗るマナタにも同じ情報がいっているのだ。

「……そうだ」

「これって、ガウスを押せたんだから、船だって押せるってことだよね」

ここまで理解されているのだ。白を切り通すことはできないだろう。

「その通りだ……俺が恐れていた最悪の事態だ。ガウス隊をトラクタービームで射出する様を見せたことで、追跡艦隊に〈くろべ〉に追いつく手がかりを与えるのではないか、そう思っていたのだ……それが現実のものとなってしまった」

ほんの少し速度を上げてやるだけで、〈くろべ〉には追いつけるのだ。そのことにエフィドルグも気づいたのだ。このままでは、都合三隻の船が〈くろべ〉に追いつくことになる。そもそもが、一隻でも追いつかれてしまえば、トラクタービームを持たない〈くろべ〉は対処のしようがない。

「ヤバくない？」

「ああ、ヤバイ。だが……手はある」

最後の賭けだ。

取り返しがつかなくなる前に、指揮官機をすべて撃破するしかない。

再び寄せてきた指揮官機に降馬を突っ込ませる。

降馬に斬りかかった指揮官機を、降馬の背後からもろとも貫いた。

これで、残り三機。

先ほどまでと打って変わって、強引な攻めに転じたこちらに戸惑ったのであろう、三機の指揮官機はじりじりと後退をし始めた。

相手から見れば、命をかけてまで俺を今ここで仕留める必要はないのだ。隊形を変えた追跡艦隊が〈くろべ〉を追跡する三隻を送り出せた時点で、勝利が確定するのだ。

「あと六十秒で、阻止限界点を超えます」とハライが報告をした。

もはやこれまでだ。

防御態勢になった指揮官機三機を屠り、その後に脱出するなど六十秒では不可能。

「剣之介、一人で死のうなんて考えたってダメだからね！」

勘のいい女で困る。思わず苦笑が漏れた。

「〈くろべ〉を助けるには、この船を自爆させないとダメなんでしょ。マナがそう言ったよ……もう、それしかないって……」

そうであった。マナと名乗るマナタの疑似人格は、由希奈の良き助言者でもあるのだ。であればこそ、同じ結論を弾き出したことも道理だ。

密集隊形の中心で船が自爆すれば、周りの船は甚大な被害を受ける。被害を受けないようにするには、〈くろべ〉の追跡を諦めてこの船から離れるか、この船の進路を変えるしかない。

俺が何も言わずにいると、由希奈は思いもよらぬことを言い始めた。

「また、わたし一人だけ置いていこうとしたって、そうはいかないんだからね！　せっかく追いついたんだから、もう逃がさないから！　だから、わたしと一緒なら、自爆命令出すの許してあげる……！」

震える声で由希奈はそう言い切った。

由希奈の言葉に涙が出そうになった。

俺はこの女を愛したことを誇りに思う。そして、この女に愛されたことを誉れに思う。

だが、それ故に、由希奈をここで死なせてはならぬと確信した。

「ならぬ！　そなたはこの船を離れよ！」

「イヤ！」

半ば予想通りの反応ではあるが、様々な感情が溜め息となって漏れた。

ここで言うつもりのなかった言葉ではあるが、ここで言うしかなさそうだった。

「……由希奈……俺は、そなたと共にあった剣之介ではないのだ」

「は……!?」と由希奈は頓狂な声をあげた。

「俺は……エフィドルグに作られた存在なのだ。戦国の世に生まれ、二十一世紀のそなたと出会い、宇宙で二〇〇年を戦った、青馬剣之介時貞の複製品なのだ」

もはや由希奈の口からは、言葉にならない空気が漏れているだけだった。

由希奈を悲しみのどん底に落としたくはない。言いたくはないが、言わなければならないことを俺は付け足した。

「だから……そなたが悲しむ必要はない。この銀河のどこかで、そなたを待つ本物の剣之介がおるのだ」

「嘘をつくな！」

意外と強い言葉が返ってきた。

そうであったな。由希奈は軟弱そうに見えて、我の強い女であった。

「どっからどう見たって、アンタ本物だし！　そんな妙な言い訳してないで、早く自爆命令出しちゃいなさいよ！　一緒に死んであげるって言ってんだから、観念しなさい……」

由希奈の言葉は次第に涙声になっていった。

「由希奈……いつか、剣之介に出会えたなら、そなたを泣かすような真似をしたら、あの世から呪ってやると伝えてくれ……」

「やめてよ……そんなこと言うの！」

由希奈の言葉に割り込むように、俺はハライをマナタへと突っ込ませた。

完全な不意打ちとなったが、マナタは正確に防御姿勢を取った。コクピットを護るように、両腕を交差させてハライの体を受けたのだ。そうでなくてはな、とマナを心の中で称賛した。

ハライの体当たりをモロに喰らったマナタは、グロングル格納庫へと吹き飛ばされた。

「リディ、やれ！」

俺の言葉を正確に理解してくれたリディは、トラクタービーム発生装置を作動させた。

「ひぇっ……剣之介ーっ‼」

由希奈の叫びを残して、マナタは緑の光に包まれて消えた。

「さらばだ……由希奈」

遠ざかる由希奈の声が聞こえてきた。

「ふざけんなー！　あんたも今すぐトラクタービームに飛び込みなさいよ！　後のことはなんとかなるよ……わたしが、なんとかしてあげるから……だから、わたしを一人にしないでよ！」

「……ハライ、通信を切れ。以降、繋ぐ必要はない」

「了解」

ハライは一切の感情を感じさせない声で応じた。今はそのような反応のほうがありがたかった。

俺はハライを眼前の指揮官機に斬り込ませた。

目の前にいた黄色いグロングルは、飛び出したマナタに気を取られていたのだろう。まさか、ハライだけが残り突っ込んでくるとは思っていなかったようだ。

ハライの突きをもろに受けた黄色いグロングルは、糸の切れた操り人形のように転がった。

「船を自爆させろ！」

リディの返事と同時に、正面モニターに赤い札状の「反物質炉自爆警告」が山のように表示された。

残り二機となった指揮官機は、明らかに動揺をしていた。

この船には、管理官代理の権限を与えられているであろう辺境矯正官の乗ったグロングルがまだ残っている。辺境矯正官をリディのいる管理官室に入れるわけにはいかないのだ。制御を奪われてしまえば、この船の進路を変えられてしまう。

だからこそ、俺が残るしかなかったのだ。

不意打ちと自爆警告で浮足立った指揮官機は、状況を理解して二手に分かれた。俺を押しとどめる者と、船の制御を奪うべく管理官室に向かう者に。

「愚か者め」

むしろ一対一となったことで、こちらの勝機が増した。

二〇〇年の修羅場を超えてきた俺が、製造されたばかりの辺境矯正官風情に後れをとるわけがない。

──だが、この経験は刷り込まれたものだ。

「マッチング率、九九・五％」

ハウゼンの言ったこの言葉が妙に引っかかっていた。残りの〇・五％はいったい何なのか。

──本物の剣之介には存在しない記憶。

それは、俺が作られた存在である証だったのだ。

きっかけは、拿捕したエフィドルグ船で見た「人を印刷する機械」だ。俺は、あの機械を知っていた。初めて見たはずであるのに、知っていたのだ。

あの機械を見たことで、俺は眠っていた記憶を呼び覚ましてしまった。

その記憶とは、「ムエッタと共に逃げる俺を、俺が見ていた」というものだ。

あの機械で印刷された俺は、抜き取った青馬剣之介時貞の記憶を注入するために、調整槽に入っていたのだろう。そんなまっさらな俺の視界に、ムエッタが刀を振りかざし部屋に押し入ってくる様が飛び込んできた。部屋にいた傀儡を斬り捨てたムエッタは、寝台の上に拘束されていた「俺」を救い出し、部屋を出ていった。そして、その部屋には「人を印刷する機械」が置いてあった。そのすべてを、俺は薄緑色の液体に満たされた器越しに見ていたのだ。

俺は、エフィドルグに囚われ調整されたと思い込んでいた。だが、真実は、俺こそが「エフィドルグの成果」だったのだ。

自分が偽物であると知ってしまった衝撃。

偽物だが、本物と同じ思い出を持っている苦悩。

自分が偽物と知った上で、由希奈の好意を向けられる背徳。

本物のフリをし続けたいという欲望。

だが、それは救いようのない裏切りであるという自覚。

「俺は、いったい、何なのだ……」

声に出した言葉に呼応して、心の内なる声が脳裏に響く。

——俺は、青馬剣之介時貞なのだ。俺は、枝分かれした、「俺」なのだ！

戦国時代の記憶も、由希奈との思い出も、地球を出てからのエフィドルグとの戦いも、すべての記憶を持っているのだ。そして、由希奈への恋慕も持ち合わせているのだ。ここまで同じである俺が、本物とどう違うというのだ。

何も違わない。俺とて本物なのだ。だが、「作られた存在である」という記憶は消せない。ならば、この記憶さえなければ俺は本物でいられたのか。

俺の本心は「是」と答えた。

だが、由希奈は俺を受け入れることはできまい。

俺を受け入れようと苦悩する由希奈の様が容易に想像できる。結局は俺の存在が由希奈を苦しめてしまうのだ。人が記憶に縛られる生き物である以上、無理からぬことだ。

分かっていたことだ。己が偽物であると自覚した時点で、答えは出ていたのだ。

「俺は——死ぬしかないのだ」

だが俺の胸に去来するのは、由希奈と共に生きていたい。由希奈のために生きていたい。子をなして共に老いて、次代に想いを託して死にたい。

そんな普通の人間の生をまっとうしたいという願いだ。

しかし、その願いはもはや叶えられることはない。

こんなことなら、記憶を取り戻すんじゃなかった。何も知らなければ、ずっと由希奈と一緒にいられたものを。

「女々しいことを！」

由希奈を本物の俺に会わせるために、俺はここで死ぬのだ。作り物の分際で、これ以上何を望むというのだ。

だが――俺は――俺白身に嫉妬する。

俺は亡者なのだ。由希奈を求めて宇宙を彷徨う、亡霊だったのだ。


気がつけば、ハライの足元に黒い屑鉄となったグロングルが転がっていた。

残るは管理官室に向かった一機のみ。

俺はハライを全速で走らせた。壁にぶち当たろうが、お構いなしだ。

「走れい、ハライ！」

ふと思った。

いったいどうして、俺はこのグロングルに波羅夷（ハライ）と名付けたのか。

何故、仏教における罪人を表す言葉を選んだのか。

名付けたときは、自分でも分からなかった。心の奥底から湧き上がってきた言葉だったのだ。

すべてを思い出した今なら分かる。

俺は自分がかつての仲間に弓を引く存在であると、心のどこかで分かっていたのだ。

事実、フラヴトを苦しめ、〈くろべ〉の幾人かの死の原因を作ったのは他ならぬこの俺なのだ。

俺の存在がなければ、ゾゾンは死ぬことはなかったろう。俺ではない誰かがエフィドルグを呼び寄せたかもしれないが、これほど早く〈枢〉が開くことはなかったろう。

俺は生まれた瞬間、理解していたのだ。

——己が咎人であると。

ハライの行く先に、跪いて纏い手の降りたグロングルが見えてきた。

「さらばだ、ハライ。世話になった」

「お役に立てて光栄です。あなたと共に戦えたことを誇りに思います」

微かに後悔をした。もっとこのグロングルと対話すべきであったと。

俺はハライの動きが止まらぬうちに飛び降りた。

管理官室に繋がる通路に転がり込む。

飛び込んだ管理官室では、リディが辺境矯正官に首を落とされていた。

許せ、リディ。役目を全うさせることができなかったな。

俺は抜刀しつつ、辺境矯正官に向けて飛びかかった。

「我こそは、青馬剣之介時貞なり！　我が妻には、貴様らの指一本触れさせはせぬ！」

この程度の嘘なら許されよう。

○

「……以上が、剣之介からのメッセージです。このメッセージは、剣之介が未帰還となった際に、由希奈に伝えるよう言付かっていました」

わたしはマナタのコクピットで、センターコンソールに抱きつくように覆いかぶさっていた。マナの声はそのせいでこもった音になっている。

剣之介が戻ってきて言うはずだった言葉。

それは、自身が作り物であるという告白だった。

わたしは、何ができただろう。自分が作り物だと知ってしまった剣之介の苦しみを、取り除いてあげることができただろうか。

そもそも、わたしはあの剣之介をどう扱っただろうか。

偽物、それとも本物？

体は完全に同一。記憶までそっくり同じ。だから、あの剣之介の言ったことは、すべて真実なのだ。性格まで剣之介だったのだから、完全なコピーは「本物」と言ってもいいんじゃないだろうか。

それに、もし、あの剣之介がいなければ、〈くろべ〉は射手座26星系を脱出できなかったろう。とはいえ、あの剣之介がいなければ、こんなに早く射手座26星系に矯正艦隊が現れることはなかったかもしれない。もしかしたら、〈くろべ〉とフラヴトが協力して、矯正艦隊を呼び寄せるための予備作戦を完全に失敗させることができたかもしれない。「もし」ばっかりだけども。

ただこれだけは言える。〈くろべ〉が射手座26星系からの救難信号に応えることなく通り過ぎていたら、わたしたちが射手座x1に着いた頃には、エフィドルグの罠と知らずに解放軍の主力艦隊が出発した後だったろう。

やっぱり、あの剣之介のおかげだ。

呼ばれた、という予感は間違いではなかったのだ。

あの剣之介がわたしを呼んだのだ。

だって、あの剣之介も、「剣之介」なのだから。わたしのよく知る、粗暴で単純で意地っ張りにして唐変木で、照れ屋で優しい性根を持った、血の通った人間なのだ。作り物だからって死んでもいい、なんてことはなかったのだ

「ねえ、マナ……人間ってなんだろうね?」

いきなりわたしにそう問われたマナは、不思議そうな声を出した。

「そのような定義が必要でしょうか?　人が人と認めた存在が人なのです。形質的な差異は、意味を成さないと思います。結局のところ、人の認識は主観によるしかないのです」

「うーん、もう少しオバカにも分かるように言って」

「あなたにとって、大事な存在かどうか、ということです」

「そっかー、そうだよねえ。わたしの大事な人が、人間だよねえ」

変なことを言っているような気がするけど、気にしない。

むしろ、人である必要すらないとも思える。

「その通りだと思います。相手が人間だから大事に思っているわけではないはずです。人間も犬や猫に愛情を注いでいます。私は纏い手を守るために作られた存在。大事な存在を守ることがわたしの命なのです。私はその使命に誇りを感じています。ですから、仮に私が失われたとしても悲しまないでください……無理でしょうけども」

「うん、無理」

「少なくとも私自身は、由希奈を守ることでこの命が失われたとしても、何ら不満はないということを覚えておいてください。むしろ、これから先も守ることができなくて申し訳ない、という気持ちになるのです」

どうしてこう、わたしの周りには、わたしを守るために命をかけたがる人たちばっかりなんだろう。

ああ、そうだ。マナも人間だ。わたしを守るために死んでしまった剣之介も人間だ。艦長も、ハウゼンも、リディくんだって人間なのだ。この船に乗っている人は、みんなわたしの大事な存在だ。

わたしは身を起こして、コクピットハッチを開いた。

〈くろべ〉のハンガーの真っ白い照明が目に痛かった。

「あら、早かったですね。意外です」

目の前のハンガーに収まっているガウス一号機のコクピットにソフィが座っていた。コクピットハッチは開け放たれたままだ。

ソフィの服装は普段着だった。

わたしより先に〈くろべ〉に戻っていたのだから、一度着替えて再びガウスのコクピットに収まったのだ。

どうしてガウスに乗ってたの、なんて野暮なことは聞かない。自分だって、大切な仲間をいっぱい失ったはずなのに、この娘はわたしを待ってくれていたのだ。

「もしかして、わたし酷い事言われてる？」

「いいえ、これ以上ない称賛をしています」

「だよね。そうだと思った」


わたしはソフィと共に、艦橋を訪れた。

無事に帰ったことを艦長に直に会って報告したかったからだ。

「ただいま帰りました」

わたしの顔を見た上泉艦長は、何かを言おうとしてやめた。

ただ人の良さそうな笑みを浮かべ、

「お帰り」

とだけ言ってくれた。

今のわたしには、なによりの言葉だった。

「追跡艦隊、引き上げていきます」と副長がスクリーンを見ながら言った。

正面の大スクリーンに、追跡艦隊の予想航路が表示されていた。すぐ後ろまで迫っていた光の点が、大きくカーブを描いて射手座26星系へと戻ろうとしていた。その光の点は九つしかなかった。

剣之介がわたしたちを守ってくれた成果だ。言ってしまえば、たったこれだけ。エフィドルグ船の航路が変わっただけの話だ。

でも、そのおかげで、わたしたちは今も〈くろべ〉に乗って宇宙を旅していられる。

「おや、ここにいたのですね」

後ろからハウゼンの声が聞こえた。

何やら神妙な顔をしている。

「あなたに是非見せたいものがありましてね……」

そう言って、ハウゼンは掌を広げた。

掌には、黒いペンダントが乗っていた。

色こそ違うけども、このペンダントは昔ハウゼンに貰った赤いペンダントと同じものだった。

「これって……わたしが貰ったものと同じですよね？」

とわたしが言うと、ハウゼンは大きく頷いた。

「その通りです。白羽さん、あなたのペンダントは今お持ちですか？」

「はい……」

わたしは胸元から、赤いペンダントを引き出した。

ペンダントの赤い輝きを見たハウゼンはゆっくりと頷いた。

「……私の理論が正しかったことが、証明されたようです」

いったいこの人は何を言っているのだろう。

銀河中心のブラックホールのx線を浴び過ぎたのかもしれない。

「この黒いペンダントは、先ほど死んだ青馬くんの血液から作られたものなのです。作った時点では赤でした。ところが、つい先ほど、黒に変わってしまいました」

ちょっとだけ、この人を今すぐ宇宙に放り出したくなった。

ハウゼンの言いたいことは分かる。

でも、あの剣之介が本物でないことは分かっていたし、ようやくそのことを飲み込めたばかりなのに。

「そして、そのペンダントが赤いということは、本物の青馬くんは、今もどこかで生きているということなのです……あの青馬くんは偽物だったのです。ですから、あなたが気を落とすことはないのですよ」

おや、と思った。いつもの人でなし発言のように聞こえるけども、実はわたしを元気づけようとしているのではないか、そんな風に感じられた。

それでも、わたしは少しだけ反論することにした。

「いいえ、あの剣之介も、剣之介でした。本物なんです。複製品とかそんなの関係ないです」

ハウゼンは顔をしかめ、首を傾げた。

この人には、未来永劫理解できないだろう。

そういえば、と思った。

本物の剣之介なのだから、お別れのキスをしておけばよかった。そうして、本物の剣之介に会ったら言ってやるんだ。「わたしはもうアンタとキスしたよ」って。少しは困らせてやらないと、色々と気が済まない。

ハウゼンとわたしの遣り取りを見ていたソフィと艦長は苦笑いを浮かべていた。

「もしかしたら、これから先も様々な剣之介に会うかもしれませんね」とソフィ。

「そうだねえ……出会った剣之介を、かたっぱしからわたしのものにしちゃおうかな」

「強欲ですね」

「ソフィにはあげないよ？」

「いただけなくとも結構です。奪えばいいのですから」

と言ってソフィは笑った。

わたしも笑った。

笑える時に笑わないと、涙がこぼれてしまいそうだから。

艦長は、わたしたちの他愛ない会話が聞こえないフリをして、全艦放送のマイクを取り上げた。

「本艦は、これより射手座*x1*星系……デオモールに進路を向ける。到着は船内時間で三四七日後。客観時間で十三年と七十三日後だ。エフィドルグの追撃の心配はない……しばし休息の時を過ごしてくれ。以上」

航宙艦〈くろべ〉は、射手座*x1*星系――本来の旅の目的地へと舵を切った。

○

トム・ボーデンは老いた体を軋ませながら、マホガニーのドアを開けウッドデッキへと出た。

見慣れたダム湖に視線を落とす。

眼前に広がる大きな水面は、いつものように静かに空を映していた。

ダムは相変わらず水力発電をしてはいるが、すでに二度ほど堤体を作りなおしていた。とはいえ、形が大きく変わったわけではない。素材や建築方法が進化しただけだ。

かつて研究所があった辺りに記念碑が建っていた。

研究所はアーティファクトの基礎研究が終わり、新たなテクノロジーの開拓に時代が移ると同時にその役目を終え、閉鎖され解体された。

人類が異星人の侵略を跳ねのけた世界的な聖地でもある。それでも人は世代を重ねるたびに、異星人の侵略の記憶を忘れていった。

俺は、ここに移り住んで何年が経ったか忘れてしまった。

世界に忘れられた俺が、忘れられた聖地で隠遁生活だ。本来なら人が住むことが許されない場所ではあったが、世界を救った英雄がひっそりと暮らしたいというのだから、無下にはできなかったのだろう。

冷気をはらんだ風が老いぼれの体を撫でていった。

「……そろそろ冬がやってくるな」

俺は独り言のように呟いた。

「予報によれば、来週には雪が降るそうです」

老いぼれの独り言に律儀に答えたのは、長年仕えてくれた執事だ。

この男とは四十年以上の付き合いになるか。この男が最後の執事になるかもしれない。見てくれは俺よりも年上に見えるが、この地球上で俺より年寄りはいない。

——二五六歳。人類史上、最年長の人間だろう。

軍は二〇〇年前に引退した。いつまでも死にぞこないがでかい顔をしていてもいいことはない。それに、俺はもともと軍人を目指していたわけでもない。

かつての相棒であったシェンミイは百年以上前にくたばった。俺は訓練中の大事故のせいで瀕死の重傷を負った。そのときからだ。俺の時計がドン亀のごとく遅くなったのは。晴れて、人に非ざる者になったわけだ。それでも、老いは確実にやってくるようで、肌の艶はなくなり、手は皺くちゃになった。

今なら長く一人で逼塞していたゼルの気持ちが分かる。

いかに英雄と呼ばれようとも世界を変えるほどの影響力はない。かつて世界最大の帝国を築いたテムジンのようにはいかない。今の世界はすべてが繋がっているのだ。英雄が行動を起こせば光の速さで星の上を駆け巡る。だが、人が何かを選択し行動を起こせば、世界の半分が敵に回るのだ。ある人にとっての正義は、ある人にとっては悪となる。その逆もまた然りだ。

〈くろべ〉が地球を飛び立って以来、世界が平和になることはなかった。

一度は由希奈たちを送り出すために団結したように見えたが、時が経つにつれ、世界は再び近視眼的な欲望に飲み込まれていった。

俺はエフィドルグの侵略の生き証人として世界が団結することを説いてきた。だが、世界は何も変わらなかった。どこかの誰かが正義を叫び、悪と呼ばれた弱者が虐げられる。その繰り返しだ。

いつしか俺は世界に倦み疲れて人の前から姿を消した。

そんな老いぼれの見つめる先、ダム湖の畔に重力制御のＶＴＯＬ機が降りてきた。見慣れた機体だ。アメリカで設計され、ベストセラーとなった機体だ。灰色の機体後部に白い円で枠取られた星が描かれていた。アメリカ空軍機のようだ。

そのＶＴＯＬ機から、スーツ姿の男が降りてきた。

男はまっすぐ俺の屋敷にやってきて、「ゼルからの通信が届いた」とほざいた。

我が耳を疑った。いよいよ耄碌して、聞こえもしない声を聞くようになったのかと思ったが、俺の耳も脳もまだ正気を保っていたようだ。

「射手座*x1*からの通信でした。矯正艦隊は、地球には来ない。解放軍は矯正艦隊に勝利した……そういう内容でした」

俺は苦笑いを浮かべた。

「いずれメディアで大々的に発表するだろうに、どうしてわざわざ死にぞこないに知らせにきた」

「大統領も将軍も、最初にこのニュースを知るべきはあなたであるとおっしゃっていました」

「そうかい……」

アメリカという国もまだまだ捨てたもんじゃないんだなと思った。

そして俺は神のお告げを受けたかのように、ある考えが頭をよぎった。

ゼルの知らせは、人の視線を地表から宇宙に向けさせる力があるかもしれん。これは、俺に課せられた使命だ。俺だけが地球で老醜を晒した意味が、あったのだ。

この世は舞台、人はみな役者なのだ——と言ったのはシェイクスピアだったか。神が俺にやれといった役が、これなのだ。

「クソ侍とポンコツお姫様が戻ってきたときに、両生類のクソみてえな青いケツの地球を見せてやらなきゃならんな」

俺の言葉に、目の前のスーツの男は首を傾げるばかりだった。執事だけが懐かしそうな目をして笑みを浮かべていた。

俺は、百年ぶりに表舞台に立つことを決意した。

——西暦二二四一年。

青馬剣之介時貞が、〈枢〉を抜けて一一五年後のことだった。

○

森の中から、一筋の白い煙が立ち昇っている。

剣之介は白い野戦テントの前で、鉄鍋をかき回していた。

お玉を引き上げ、小皿に中身を少し入れる。

「これでどうだ」

俺から小皿を受け取ったムエッタは、まず匂いをかぎ、ついで口をつけた。

「……かなり似てはきたが、まだまだだな。カレー独特の匂いと辛みが足らない」

「やはり、そうか……」

俺はムエッタから小皿を受け取り、自身でも味見をしてみた。

ムエッタの言う通り。決定的なカレー成分が足りていない。

白いテントから、額に角を生やし褐色の肌をした若者が出てきた。

ゼルだ。地球から共に旅立ったゼルの弟の曾孫だ。ゼルイーガーなんとかというらしいが、名前は長すぎて覚えていない。

「剣之介、曾祖伯父(そうそはくふ)の好物であった、牛タンシチューとやらは、いつ食わせてくれるのだ？」

俺はゼルに肩をすくめた。

「牛がおらぬのでな。どうにもならん」

ゼルは若いデオモール人らしく、生意気な顔をした。

「カレーとやらも完成しないではないか」

「なかなか難しいのだ。香辛料がどうにも合わぬ」

「剣之介は料理の才能がないのかもしれぬな。私の作るオムライスは、ほぼ完璧に再現できておるというのに」

ムエッタはカレーとオムライスで料理の才能を語った。ツッコミどころは満載であるが、ここで反論をしても、面倒なことになるだけだ。

俺は長年の経験から、口をつぐんだ。

「ムエッタのオムライスは食い飽きたぞ。もっと違う味を出せないのか？」

若いゼルは女の扱いを分かっていない。

俺は関わり合いをさけるべく背中を向けた。

「何を言うか、この贅沢者め！　文句を言うのなら、自分で作ればよかろう！　もうゼルには飯を作ってやらん」

「こっちこそ願ったりだ。自分の飯ぐらい自分で作る！」

だがしかし、ゼルの料理の腕前は壊滅的だった。どうせ、自分の作った料理のあまりの不味さに俺やムエッタに泣きつくのだ。俺としては、食材が無駄になるので、ゼルに料理はしてほしくない。

俺は鉄鍋に香味のいくつかを足して再び味見をしてみた。

やはりカレーには程遠い。むしろ、まったく別の鍋料理になり果てていた。もっとも、不味くはないので食えはするのだが。

ムエッタは俺の渋い顔を見て肩をすくめた。

「由希奈にカレー粉を持ってきてもらうしかなかろう」

「それは良い考えだな……」

俺は笑みを浮かべ、森に隠したクロムクロを見上げた。

「しかし、今のこの機体を由希奈が見たら、クロムクロと気づかないかもしれぬな」

クロムクロはそれほどに見た目が変わっていた。

頭はまるで別物だ。形相はますます鬼に近づいたような気がする。損傷と損壊、換装と再生を繰り返した結果だ。俺の戦い方が変わったことによる機能修正も行ったので、余計に輪郭が変わってしまった。変わっていないのは、馬ぐらいのものか。

「そういえば、つい最近、由希奈を夢で見たのだ」

俺が鍋をかき回しながらそう言うと、

「ほう……？」

と言ったムエッタが笑みを浮かべ、目を細めた。

「今までこんなことはなかったのだが……夢が繋がったような不思議な感覚だった。しかも、成長した由希奈を見たのは初めてだった。なぜだかソフィにも夢で会った」

「それで、何か面白いことがあったのか？」

「いいや……面白くはないな。由希奈とソフィに言葉を託しただけだ。夢の中ではあるがな。だが、確信をした。由希奈は俺を追って、銀河の海を旅しているのだと」

「クロムクロが無事なのだ。お前たちはクロムクロを間に繋がっているのだろう」

「そうだな……俺は由希奈と繋がっておるのだな……」

「私も由希奈に会いたいぞ！　何をすればその夢を見られるのだ？　教えろ！」

唐突にムエッタが怒り出した。

由希奈のことを話したのは、藪蛇だったかもしれん。

「由希奈の顔を思い浮かべながら、名を三回唱えてから床につけば良い」

「なるほど……今晩試してみよう」

相変わらず人の言うことをすぐ真に受けてしまう。

後々面倒なことになりそうだが、ひとまずは機嫌が直ったので良しとしよう。

「由希奈、はやく俺の作ったカレーを食いにこい」

俺は空を見上げ、笑みを浮かべた。

この銀河のどこかで、俺を追ってきているはずの由希奈に向けて。


――『クロムクロ　秒速29万kmの亡霊』　完

紙書籍版あとがき

西暦二〇二一年の旅立ち

TVアニメ「クロムクロ」監督　岡村天斎

あれから早や五年の月日が流れようとしています。二〇二一年、航宙艦〈くろべ〉が外宇宙に向けて出港する年です。この五年間、凡庸な女子高生だった白羽由希奈はどれほど頑張って地球を代表する宇宙パイロットとして認められるほどに成長したのでしょう。

TVアニメ『クロムクロ』の物語は、二〇一六年の富山を舞台にしています。第一話のエフィドルグ襲来、由希奈と剣之介の出会いが二〇一六年六月の下旬、それから二十四話の最終決戦・黒部ダム奪還が同年十一月上旬あたり…。そして最後の二十五、六話の剣之介との別れが二〇一七年二月ぐらい…市街地ではもう雪も解けてますからもしかしたら三月かもしれません。そこから実質四年ちょっとです。この間に由希奈は大学で博士号を取り、アメリカ留学、NASAでの厳しい宇宙飛行士訓練を受けていたのかと考えると少々時間が足りない気もします。実際、我々の間でも、地球の科学力でエフィドルグの宇宙船を利用して新造艦を作り外宇宙に航行…までの時間はリアルに考えたら最短十年だろう、という意見でした。しかし『クロムクロ』という物語は、閉塞感を抱えた高校生たちの群像劇であるという一面もあり、十年ではなく敢えて五年後のそれぞれのステージの変化を描写することを選択しました。それぞれの夢を持ち、ある者はそれに向かって邁進し、ある者は停滞する……その姿を示しておきたかったのです。十年後だと各人の中にまた違う問題が出てきてしまい主軸がブレてしまいそうで……。離職を考えたり結婚したりまだモラトリアムなのかよとか……まあ、そこまで先の現実的な未来を見せる必要はないだろうということで、若干の無理を承知で五年後の出発とさせていただいた次第です。

そもそもの由希奈の『ぬるい地学マニア』という設定とは何だ？ そこにモニョっていた方も多いかと思います。〝ぬるい〟とはどういうことなのか？ 公式設定ではそのような微妙に塩梅の分かりづらい言葉を使っていますが、企画会議ではもっとはっきりした表現が使われていたと記憶しています。『毎週、ブラタモリを見ている女子高生』…。時々はタモリ倶楽部も見ていたでしょう。しかしその後五年の勉学の時間を経て由希奈は成長しました。この小説に描かれた由希奈はもう博士号も持つ立派な地質の専門家です。もうタモリさんに説明する立場です。きっと一度くらいは『黒部・エフィドルグの痕跡』的な回が放送され、説明役に起用されていたなんて事があったかと思うと楽しいですね。

さてこの小説版クロムクロ『秒速29万kmの亡霊』はTVアニメ『クロムクロ』の正統な続編です。小説だけあってアニメーションとは違う表現・切り口が私にとっても新鮮でした。登場人物それぞれの視点からとらえられた一人称の語り口は、アニメ本編内では語りつくせなかった各個人の思いを届け、また思わぬ秘密が漏れ聞こえたりもします。由希奈の語り口は当人にふさわしいふんわり優しく大雑把で、いくら成長したとはいえ由希奈の本質は変わってないなあと思わせてくれます。ソフィは相変わらずのクールさと責任感を持ちながら、由希奈との距離感の変化を楽しんでいるようです。茂住のパートには今まであまり触れられてこなかった茂住自身の思いや生い立ちが語られ、あの人との関係も明らかにされます。小説版のオリジナルキャラクターである十泉艦長やマーキス宙兵隊長からもいろんな人とのつながりが散見されて、読み進むほどに新しい発見があり、ワクワクしながら毎回原稿が届くのを楽しみにしていました。

今回の小説は檜垣さん一人により執筆された物であり、さらに物語が一人称で語られているため、どうしても各キャラクターの語りの中に著者である檜垣さんの影が見え隠れしやすくなります。檜垣さんから原稿が届くたびに集まって、脚本会議・いわゆる〝ホン読み〟みたいなことをやっていたのですが、そこでの私の主な役割は、『檜垣・由希奈』が檜垣方向に傾き過ぎないように監視することだったと思います。いや檜垣さん、由希奈はいきなり戦艦大和の主砲のエネルギー量とか計算しないよ！…とか、まあそういうたぐいの事を話し合ったりとかですね。タオルパリパリ派とは？とか粒餡派と漉し餡派はどちらの主張が強いかなどなど、それはもう有意義な会議が繰り広げられたのです。しかし送られてくる原稿に元々から大きな問題があることはなく、概ね檜垣さんによって構築されたクロムクロの物語がそのままこの小説になっています。

元々のＴＶアニメ『クロムクロ』は巨大ロボット物のカテゴリーで企画された物語であるため、自分の中で気をつけていたコトが二つあります。一つは、ロボットが人型である意味。それを際立たせるためにミサイルや銃器類は攻撃手段として一切通じないという設定を捻出しました。いわゆる重力バリアと直立歩行のために重力制御と慣性制御は必須です。しかし空は飛べず（まあ終盤では新兵器が現れ飛んでしまうのですが…）、武器は刀のみで、刀身から敵グロングルの身体を構成するナノマシンにアポトーシス命令を含んだプログラムを注入する。そういう武骨な戦闘スタイルを採用しました。もう一つの気にしていたコトは、作品カラーを完全な戦争モノにしないように気を付けるということです。それは、戦闘を限定的にしておかないとロボ一台で解決できる範囲から逸脱してしまうためです。敵は常に慢心しており、それは圧倒的な科学力の差を背景にしているゆえ…。

しかしこの小説版ではその軛が両方とも解かれます。地球軍はついに重力バリアを相殺するミサイル〈ＡＧＧＣＭ〉を開発、エフィドルグは学習することを覚え、戦術を重用し始めます。綿密な作戦行動をとり、集団で敵を攻め落とす。そしてその頂点に立ち指令を下している者こそ……いや、これ以上は本編をまだ読んでない人にはネタバレですね。

そんな訳でこの小説は『クロムクロ』の正統な続編ではあるのですが、見ての通りの結構なハードＳＦに仕上がっています。そしてさらに、もし描かれることがあるとすれば、最終決戦の場は完全に戦争の一部として描かれることとなるでしょう。登場人物もモラトリアムな高校生ではなく全てを捨てて地球を旅立ったいわくありのエリート軍人や科学者たちです。もはやＴＶ版のクロムクロとは違う土俵での勝負となることは明白です。果たしてそれを今まで支えて下さったファンの皆様は受け入れてくれるでしょうか。それを占う意味でもこの小説の動向は注視されるべきモノでした。

今回この小説続編の制作にあたり、私のわがままからお願いしたことの一つに、由希奈と剣之介の物語を小説版で完結させることはしないで欲しいと言うモノがありました。最後の決着の物語は自分の手によって映像化するモノ以外は認めたくなかったのです。現在、その機会はまだ巡っては来ていません。しかしいつか、この物語の結末を描く日が訪れると信じています。

クロムクロ　秒速29万kmの亡霊　上巻

宇宙へと向かった由希奈は、剣之介に出会えるのか？

時空を超えてよみがえり、クロムクロを駆って宇宙からの侵略者・エフィドルグと熾烈に戦った戦国時代の侍・青馬剣之介時貞は、決戦の後、ワームホールの先に消えた。白羽由希奈は航宙艦〈くろべ〉に乗り込み、ソフィたちアニメでおなじみのキャラクターたちとともに、剣之介がいるはずの射手座*x1*をめざす。その長い旅の途上、射手座26星系で由希奈たちが遭遇したものとは……。

四六判ソフトカバー、本文３０８ページ
原作：Snow Grouse
定価：２２００円（10％税込）
著：檜垣亮
表紙イラスト：（原画）石井百合子（色指定・彩色）水田信子
（特効）加藤千恵／T2studio
挿絵：石井百合子
ISBN：978-4-909824-02-8

湯涌ぼんぼり祭り 2011-2021

～アニメ「花咲くいろは」と歩んだ10年～

湯涌温泉＝湯乃鷺温泉を支え続けた人たちの物語

二〇一一年にアニメ作品発の祭りとして金沢市湯涌温泉街でスタートした『湯涌ぼんぼり祭り』の貴重な記録をアーカイブ。
アニメーション作品と地域のコラボレーションを経年的にまとめた、他に類を見ない一冊。

B5ソフトカバー、本文カラー＋モノクロ120ページ
定価：税込3300円（10％税込）
編著：湯涌ぼんぼり祭り実行委員会、問野山研究学会
協力、資料提供：2012花いろ旅館組合、株式会社ピーエーワークス
ISBN：978-4-909824-04-2

※売上の一部（5％）を湯涌ぼんぼり祭り実行委員会へ寄付し、継続的な祭り開催につなげます。

挿絵　：〈第５話〉〈第６話〉（原画）大東 百合恵／（作監）石井 百合子
〈第７話〉石井 百合子

クロムクロ 秒速29万kmの亡霊 下巻

2021年9月19日　初版第一刷発行

原案　：Snow Grouse
著　：檜垣 亮
発行所　：一般社団法人地域発新力研究支援センター（PARUS）
〒939-1835 富山県南砺市立野原東1514-18
南砺市クリエイタープラザ B-1
TEL　0763-77-3789
FAX　0763-62-3107
mail　info@parus.jp
URL　https://parubooks.jp/

parubooks

発行人　：佐古田 宗幸
装丁　：dots
DTP　：竹中 泳実（parubooks）
印刷・製本　：モリモト印刷株式会社

ISBN　978-4-909824-03-5　C0093